로드 엘멜로이 II세의 사건부

9

그랜드 롤
「case. 관위결의(중)」

산다 마코토

일러스트 사카모토 미네지

Characters
Lord El-Melloi II Case Files

허피스티온…서번트 파이커

라이네스 엘멜로이 아치조르테…엘멜로이 가문 차기 당주

아오자키 토코…시계탑 최고위 「관위의 마술사

스빈 글라슈에이트…시계탑 현대마술과 학생

닥터 하트리스 ::『페이커』의 마스터

플랫 에스카르도스 ::시계탑 현대마술과 학생

그레이 ::엘멜로이 2세의 입실제자

로드 엘멜로이 2세 ::시계탑 현대마술과 군주

그것은 흡사 포문이었다.
하루살이 한 마리 한 마리가 부품으로서 모여들어 여러 개의 거대한 포문으로 변하고
페이커와 하트리스에게 적의를 드러낸 것이다.

——제1장에서

로드 엘멜로이 II세의 사건부

9

「case. 관위결의(그랜드 롤)」

Lord El-Melloi
III
Case Files

로 드
엘 멜 로 이
II 세 의
사 건 부

9 「case. 관위결의(중)」 그랜드 룰

목차 Contents

『서장』

　낮의 빛이 서서히 퇴색되어가는 것 같았다.

　겨울이 다가옴에 따라 런던 근교의 날씨는 더더욱 불안정
해져서 하루에 몇 번이고 흐림과 비를 되풀이하고 있다. 똑
똑 내리다가 그치고, 그치면 다시 똑똑 떨어진다. 듣자니 빗
방울의 질만 해도 예전과는 꽤 다른 모양이라 옛날 영국에
서 우산을 들고 다니던 사람은 거의 없었다고 하지만 지금
은 거리를 오가는 사람들의 절반 정도가 우산을 들고 있었
다.

　어쨌든 간에.

　소년에게 비란 요 몇 년간에 생긴 추억에 불과하다.

　비슷한 현상은 그 채굴도시에도 있었지만 역시 지하에서
낙하하기만 할 뿐인 물은 '비'라고 부르기에 마땅치 않다고

여겼기 때문이다. 그무러진 하늘에서 추적추적 지붕과 벽을 때리는 물소리. 콧구멍을 간질이는 흙 내음.

옛날에 다 망가진 TV로 본 흑백 뮤지컬 영화가 떠올랐다.

한 번 무의식중에 콧노래를 불렀을 때 그 곡은 『사랑은 비를 타고』라는 선생님의 지적을 받고서야 비로소 곡명을 알았었다.

그때는 이름을 안 것이 기뻤다.

자신이 결코 닿을 수 없으리라 여겼던 것에—— 닿을 수 있으리란 상상도 못했던 것에, 처음으로 가까워진 느낌이 들어서.

"……."

그런 생각과 함께 소년은 잰걸음으로 슬러의 거리를 지나갔다.

인적이 적은 학사건물 바로 옆에서 울적한 그림자가 뻗어 있었다.

특징적인 붉고 긴 머리카락. 내리깔린 속눈썹만 보아서는 어디를 보는지 판단할 수 없다. 수업 시간에는 5분도 늦지 않았을 테지만, 그러고 있으면 남자가 벌써 몇 시간씩 서 있는 것처럼 느껴졌다. 그 옆얼굴에는 비가 어울린다기보다 마치 비와 대화하는 것 같은 정취가 있었다.

매우 그럴싸하게 보이지만, 고즈넉이 빗소리에 녹아들 듯 한 장신이 적적하게 느껴지는 것은 무엇 때문일까.

닥터 하트리스.

현대마술과의 당대 학부장.
^{널 리 지}

"선생님."

그렇게 불러도 바로 알아채 주지 않았다.

두 번 부르지는 않고 우신을 씌워주자 하트리스는 두 번쯤 눈을 깜빡였다가 고개를 숙였다.

"아, 죄송합니다. 새로운 술식이 떠올라서 그만 계산에 몰두하다가."

그렇다면 계산은 뇌만이 아니라 마술회로로도 하고 있었을 것이다. 일정 수준 이상의 마술사라면 사고할 때 활용하는 것은 뇌만이 아니다. 리얼 타임으로 필요한 만큼의 마술회로를 구동하여 문제 해결에 임한다──고 한다.

강의를 받은 소년 자신은 너무나 재능이 부족해 따라가지 못하는 영역이지만.

"발견한 것은 있었습니까?"

"네. 처음 당신을 찾아냈을 때와 똑같이."

부드럽게 웃으며 하트리스가 마주 보았다.

한때 생환자였던 소년은 곧 스무 살에 이를 시기였다. 한층 씩씩해진 얼굴에서는 슬슬 소년기의 끝이 느껴졌지만, 그래도 눈동자에 서린 순수함에는 과거의 인상이 짙게 남아 있었다. 영양 상태와 외부 환경 때문인지, 체격과 피부의 윤기는 눈에 띄게 개선되어서 소년 본래의 건강미가 돋보이는 것 같았다.

회중시계를 확인한 뒤에 하트리스가 물었다.

"그런데 무슨 일이 있었습니까? 평소보다 조금 늦은 것 같은데요."

"아뇨. 아까 남은 개인용품은 버려도 상관없다는 아세아라의 편지가 있어서요."

"그렇습니까."

"그래서, 제가 알아서 처리했는데요……. 모두 뿔뿔이 흩어졌구나 싶으니 조금 얼떨떨하네요."

"당신들은 몇 년이나 같이 있었으니 말입니다."

소년이 끄떡이자 하트리스는 살짝 쓰게 웃었다.

방금 나온 이름은 한때 하트리스의 제자가 되었던 생환자들 중 한 명이었다. 소년과 함께 영묘(靈墓) 알비온을 탐색하던 팀은 이제 뿔뿔이 흩어졌다. 그만한 농도로 누군가와 생사를 함께할 일은, 소년의 남은 인생에 아마 다시는 없을 것이다.

그렇기 때문일까.

저마다 고명한 마술사의 양자가 되거나 비해해부국(秘骸解剖局)에 입국하는 등, 과거에는 감히 생각할 수 없을 정도의 성과를 올리고 흩어진 지금, 가슴에 휑하니 구멍이 뚫린 기분이었다.

"……마술사란, 배신하는 존재입니다."

하트리스가 말했다.

붉고 긴 머리카락이 습한 바람에 흔들렸다.

"본질적으로 에고이즘의 화신이니까요. 스승과 제자의 유대는 있어도 결코 절대적이지 않지요. 스승이 제자를 소중히 여기는 것은 자신의 사상과 마술을 이어가기 위해서고, 제자가 스승을 소중히 여기는 것은 아직 흡수할 수 있는 것이 남았기 때문입니다. 서로 상대에게 가치가 없어지면 언제 내버려도 어쩔 수 없다…… 그리 생각하는 게 마술사라는 생물이에요."

타이르는 듯한 말이 젖은 지면에 흘러간다.

"하지만 그들은 제대로 기별을 주었고, 애초에 정식으로 저의 제자가 되기 전부터 그런 진로에 관해 상담했습니다. 흔히 볼 수 없을 정도의 성의 있는 대응이라 생각합니다."

"그건, 그렇지만요."

소년은 토라진 것처럼 입술을 삐죽였다.

실제로 전부터 그런 소리를 듣기는 했었다. 지상에 가면 이러겠다, 이렇게 될 거다. 그들은 꿈을 이야기했었다. 그리고 저마다 꿈을 이루었으니 하트리스의 말마따나 불만스러울 이유는 없다.

없어야 할 텐데.

영 완전히 수긍하지 못한 소년의 표정에 하트리스는 말을 이었다.

"당신들은 일단 살아남았습니다. 그 대미궁에서 생환했지요. 그 사실 자체가 아름답습니다."

하트리스가 말한다.

"그렇기 때문에 미궁 때처럼 좀 더 협력할 수 있지 않을까 싶을지도 모르겠습니다만, 역시 이곳은 미궁과 다르지요. 장소가 달라지면 싸우는 방법도 달라집니다. 그래도 당신들은 지금 같은 하늘 아래에 있으니 만나려 마음먹으면 또 만날 수 있을 겁니다."

스승의 말에 하늘을 쳐다보았다.

그 미궁에는 없었던 것.

설령 비가 오는 하늘이나 흐린 하늘이어도 무한하게 펼쳐진 풍경은 압도적이었다. 저것이 지상 어디에서나 볼 수 있는 풍경임을 알았을 때, 생각해보면 당연한 사실에 얼마나 가슴이 벅찼던가. 그만한 감격에도 어느덧 익숙해질 대로 익숙해져서 이렇게 올려다보는 일은 줄어들었다.

"그게 아니어도 시계탑은 작고 좁은 세계입니다. 싫어도 또 만날걸요."

"……그러려나요."

불안이 목소리에 배고 말았다.

이 지상(세계)은 너무나 넓다. 물론 이 지상에서 마술과 관계가 있는 사람의 비율은 극히 낮다는 사실을 머리로는 이해한다. 이 세계(현실)는 과학으로 운영되어서 마술을 신봉하는 아웃

사이더는 어깨를 맞대고 살아갈 수밖에 없다.

그래도 익숙해질 대로 익숙해진 지금조차 이 하늘은 넓은 것이다. 그토록 바라던 하늘 아래에서 외톨이 기분에 젖는 것은 투정일까.

"——허어."

갑자기 하트리스가 길 건너편으로 고개를 돌렸다.

추적추적 내리는 빗속에서 그녀는 우산도 쓰지 않고 걷고 있었다.

고급 옷감이 젖는 것도 개의치 않는 당당한 자세는, 그것이 런던의 본래 전통이지 않았느냐며, 혹은 이것이 런던의 새 전통이라며 강변하는 것 같기도 했다.

머리가 하얗게 센 노파였다.

명랑한 웃음과 함께 그녀는 주름진 손을 들었다.

"여어, 닥터 하트리스."

"이거 참. 로드 밸류엘레타."

하트리스가 몸을 굽히고 소년 또한 허둥지둥 따라 했다.

주름에 파묻힌 노파의 얼굴을 봐서는 실제 나이를 가늠할 수 없었다. 겉으로 보이는 마술사의 나이는 믿을 것이 되지 못함을 이 시계탑에서도 통감했었다. 하물며 군주(로드)씩이나 되면 더더욱 그럴 것이다.

때때로 이렇게 군주(로드)가 찾아올 때가 있었다.

소년이 보자면 구름 위에 있는 존재. 시계탑을 다스리는 열두 명의 왕들.

"이렇게 갑자기 납시다니요."

"아니, 아니, 심각하게 여기지 말아줘. 마침 어디 들르던 길이어서 말이야. 오랜만에 자네와도 말을 나누고 싶어지더군."

로드 밸류엘레타의 표정과 눈동자에는 자신과 상대의 격을 재는 저울이 미묘한 균형을 지키며 흔들리고 있었다.

명목상 동격, 하지만 실질을 따지면 그렇지 않은 상대를 품평하는 시선.

"……."

닥터 하트리스는 학부장 사이에서 따돌림당하는 처지에 가까웠다. 메인 학과의 학부장 중에서는 유일하게 군주(로드)가 아니며, 명목상으로는 다른 군주(로드)들과 대등하게 처신할 것을 요구받는다──. 그 때문에 얼마나 손해 보는 요구를 받았는지, 소년은 늘 보고 있었다.

처음 지저에서 나왔을 때는 하트리스가 왕 중 한 명이라고 여겼다. 그 사실 자체는 틀리지 않았다.

그러나 지금 보자면 그 왕들 사이에도 격차가 있다는 이야기다.

로드 밸류엘레타의 시선이 언뜻 움직였다.

"음, 그쪽은 자네의 입실제자였던가."

"……예. 전에 소개해 드린 줄로 압니다만……."

하트리스가 등을 건드리자 침을 삼킨 소년은 되도록 가슴을 폈다.

"크로라고 합니다."

"호오, 별난 어감의 이름인걸."

그 말을 끝으로 흥미를 잃었는지 소년의 각오에 상관없이 로드 밸류엘레타의 눈길은 동포인 학부장 쪽으로 돌아갔다.

"들르는 김에 한 가지 확인하고 싶었지만."

그리고 그런 말을 꺼냈다.

"로드 엘멜로이 얘기를 들었나?"

"듣기론, 극동에서 투쟁 방식의 마술의식에 참가하셨다던가요."

'……로드 엘멜로이.'

소년은 그 이름을 기억해냈다.

열석한 군주(로드) 중에서도 상위 가문이었을 것이다. 권위와 실력을 겸비한, 광석과의 군주(키슈아로드). 벌써 20대일 텐데 아직도 신동(神童)이라고 불리는 것은 약관 열 살 미만부터 비정상적인 수준의 실적을 연달아 올리고 있기 때문이다. 본래 물려받아야 할 광석과에 그치지 않고, 강령(降靈)에도 재능을 발휘하여 강령과의 1급 강사 자리를 낚아챘다는 소문은 소년의 귀에도 들어왔다.

과연, 시계탑에서 천재란 이런 걸물을 상대로 주어지는 말일 것이다.

그 엘멜로이가 극동의 마술의식에 참가한다는 것은, 시계탑에서는 일부 소문 좋아하는 이들 사이에서 회자되는 정도의 화제였다. 슬슬 연구 방면의 명성에 질린 엘멜로이가 이번에는 무투파라는 브랜드라도 달고 싶어진 것 아니겠느냐는 다소 넌더리를 내는 감상도 한 세트로 붙을 때가 많았다. 그만큼 로드 엘멜로이라는 마술사의 성능은 증명된 바였다.

그렇기에 하트리스도 살짝 끄덕이기만 할 뿐이었다.

"누가 뭐래도 백전불패의 신동 로드 엘멜로이이지요. 만에 하나라도 극동의 마술의식 따위에서 패배할 일은 결코 없을 겁니다."

"있었으면 고맙겠다마는. 뭐 어떻게 복병에 픽 당해주지 않으려나."

노파는 밝은 목소리로 뒤숭숭한 말을 입에 담았다.

"로드 엘멜로이—— 케이네스 엘멜로이 아치볼트는 강령과의 따님과도 혼약을 맺었어. 이대로 가면 귀족주의는 더욱 하나로 결속해서 우리 민주주의로서는 골치가 아파져. 그래, 어떤가? 이쯤에서 현대마술과가 정식으로 민주주의에 자리를 잡으면? 지금이라면 꽤 은혜를 팔아먹을 수 있을걸."

"못 들은 셈 치겠습니다."

하트리스는 부드럽게 고개를 저었다.

딱 한순간, 공기가 굳었고.

"이거 아쉽군."

로드 밸류엘레타가 싱긋 웃음기를 띠었다.

"하지만 마음이 변하거든 언제든 한마디 걸어주게나. 현대마술에는 이전부터 흥미가 있거든. 이러다가 중립주의로 달려가 버리면 우울해서 방에 틀어박히겠어."

"농담을 다 하십니다. 상대해주지도 않을 텐데요."

하트리스가 받아 흘렸다.

귀족주의.

민주주의.

중립주의.

시계탑을 주도하는 세 가지 운용방침이지만, 로드 밸류엘레타가 말했듯이 현대마술과는 현재 어느 곳에도 소속되지 않았다. 이것도 하트리스가 아슬아슬한 균형감각을 요구받는 이유였다. 다만 현대마술과가 그럭저럭 존재감을 갖추고 운영되는 것은 세 세력으로부터 독립되었기 때문이니, 어딘가에 소속되려 하다간 호되게 값을 후려칠 것이 뻔하다. 유일하게 군주가 아닌 학부장은 더더욱 신중하게 움직일 수밖에 없다.

아니, 그 이상으로.

소년은 은밀하게, 떨림을 억눌렀다.

'……어쩌면.'

어쩌면, 민주주의에서도 이름 높은 이 노파는 현대마술과의 비밀을 꿰뚫어 본 것이 아닐까 해서.

"이런, 왜 그러나? 입실제자 소년."

"……아닙니다."

"제 입실제자를 겁주지 말아 주십시오."

고개를 내저은 소년의 어깨에 하트리스가 살며시 손을 얹었다. 떨림이 멎는 것을 느꼈다. 그런 소년을 쳐다보던 로드 밸류엘레타가 가볍게 웃었다.

"하하하, 이거 실례했군. 괜찮으면 사과로 이거라도 받아 주겠나?"

내민 것은 영화관 티켓이었다.

"로드 밸류엘레타—— 미즈 이노라이께서 경영하시는 영화관입니까?"

"그래, 최신형 시네마 콤플렉스를 매수했지. 한 스크린은 우리 식구 전용이라서 말이야. 그 티켓을 갖고 가면 좋아하는 영화는 거의 다 걸 수 있을걸. 하하, 옛날부터 내 전용 극장을 가져보고 싶었거든."

"너무 표면상으로 눈에 띄는 경제 활동을 하시면 로드 트란벨리오가 떫은 표정을 짓지 않겠습니까?"

"맥다넬 도령이라면 좋은 물건은 이해해줄걸. 이만 가보지. 또 보자고."

로드 밸류엘레타는 손을 슬쩍 흔들고 발길을 돌렸다.

모습과 함께 기척도 사라지자 잠시 뜸을 들인 뒤에 하트리스가 부드럽게 웃었다.

"로드 밸류엘레타는 새로운 것을 좋아하거든요. 저 같은 머릿수 채우기 담당에게도 눈길을 보내주시는 것은 고맙지만, 금세 포섭하시려 듭니다. 음습한 악의가 있어서……라는 것도 아닌 점을 보면 천성적인 시계탑 체질이지요."

"그 말은, 활달하게 음모를 꾸미고 있다는 건가요? 별로 상상이 가지 않는데요."

"조금 다릅니다. 음모라고 하면 심모원려나 철두철미 남을 속이는 함정 등을 상상하기 십상이지만, 저 사람은 딱히 진심으로 로드 엘멜로이가 죽기를 바라는 것이 아닐 겁니다. 로드 밸류엘레타는 단순한 감도 포함해서 항상 자신이 재미있고, 가능하다면 유리해질 수 있는 상황을 모색하고 있을 뿐이지요. 그래요, 창조과인 저 사람이 보자면 그런 식의 모색이야말로 아름답다는 의미이겠지요."

그것은 즉, 권력과 친밀하다는 뜻이리라.

저 노파는 권력을 탐하는 것이 아니고, 권력에 홀린 것도 아니며, 극히 자연스럽게 길들였다. 방금처럼 전조도 없이 접근해 작금의 화제를 꺼내면서 양측 입장 및 상황을 확인하고 가는 행위 또한 그녀에게는 숨을 쉬는 거나 다를 바 없으리라. 일일이 의식할 만한 일도 아닌, 당연한 행동.

그렇지만.

"선생님은, 분하시지 않나요?"

"분하다니요?"

"그도 그럴 게, 방금 그건."

절반 이상 협박 같은 것이 아니냐는 말까지는 할 수 없었다.

악의가 있느냐고 따지면 그렇지 않을지도 모른다. 그러나 그 언행은 곧 생살여탈은 본인이 쥐고 있다는 확인이었다. 그것이 바로 방금 말을 나누었듯이 로드 밸류엘레타의 자연스러운 모습이라고 쳐도, 참을 수 있느냐 없느냐는 다른 문제다.

그렇지만 하트리스는 평소처럼 상대가 말로 표현하지 못한 부분까지 받아들이고 옅은 쓴웃음을 지었다.

"이 경우, 이분자인 건 뒷배가 없는 제 쪽이니까요."

그렇게 대답한다.

"애당초 마술사 자체가 과거의 유물이에요. 현대의 가치관으로 차별이네 뭐네 해도 늦었지요. 처음부터 저희는 평등하지 않으니까요."

하트리스의 말은 확실히 시계탑의 윤리로 보자면 당연하다.

마술각인은 직계의 것밖에 상속할 수 없으며, 마술회로의 수와 질도 태어난 순간에 결정된다. 마술을 가치관의 으뜸으로 두는 이상, 그들의 자세는 구태의연한 형태일 수밖에 없다.

"그래도 현대마술과는."

"예. 총체적으로 보면 애초에 마술사 전체가 쇠퇴하고 있지요. 그렇기에 신세대 같이 이전이라면 불량품이라고 내쳤을 무리도 조직에 들일 수밖에 없어졌습니다. 그런 불만과 모순의 타협점이 현대마술과이며, 이 슬러 거리지요."

하트리스의 시선이 도로에 흘러갔다.

한눈에 둘러봤을 때 이곳이 학술도시라고 여길 사람은 적을 것이다.

아무튼 작아도 너무 작다. 불과 도로 한두 개 정도의 공간에, 억지로 학사 비슷한 건물을 욱여넣었을 뿐인 장소. 주머니 형편만 따지면 고고학과도 비슷한 꼴이라나 보지만, 여하튼 전통에서 차이가 난다.

그쪽은 시계탑에서도 손꼽히는 격식과 역사가 뒷받침되는 학과이며, 중립주의의 대표격 취급까지 받는다. 반면에 현대마술과는 런던 교외에 조금씩 세워지던 공방과 유관 건물을 억지로 한 지역에 밀어 넣은 수준이다. 얼기설기 엮었다고 할지, 엉터리라고 할지, 아무튼 간에 억지로 애쓴 인상만이 강하다.

그래도 시계탑의 신세대들에게는 자신의 꿈을 맡기기에 충분한 거리.

"아까 마술사는 배신하는 존재라고 말씀하셨죠."

소년은 로드 밸류엘레타가 오기 전에 하트리스가 했던 말을 떠올렸다.

"그러면 선생님은 어떠신데요?"

"물론 저도 평범한 마술사지요. 자신의 마술로 이를 수 있는 궁극에 당도하길 빌고 있으며, 그러기 위해서라면 더러운 *Dirty* *work* 수단도 불사하는, 범용한 작자에 불과합니다."

'진실일까?' 하고 생각했다.

처음 만난 뒤로 벌써 몇 년이나 지났지만, 이 사람이 그런 이기심을 드러낸 모습은 본 적이 없다. 영묘 알비온을 빠져나와 시계탑의 학생으로 이름을 올리고, 강의를 받게 되고서도 말이다.

"하지만 선생님께는, 요정의——."

말하던 소년을 향해서 하트리스가 슬쩍 자신의 입술에 손가락을 대었다.

"그것은, 마술사로서의 성능과는 직접 관계가 없습니다. 우연히 제 내부에 섞여든 부속물 같은 것이지요. 물론 예전에 마찬가지로 요정으로부터 얻은 성능으로 특별한 계위를 따낸 마술사도 있습니다만, 저는 그쪽 길을 걷지 않았습니다."

그런 이야기도 전에 들은 적이 있었다.

예를 들면 요정과 접촉함으로써 만물과 대화할 수 있는 통일언어를 학습한 마술사다.

그러나 소년의 스승은 그 이능 때문에 학부장이 된 것이 아니었다.

"……."

왠지 모르게 소년은 자신의 스승을 다시 보았다.

그는 변하지 않았다. 자신과 처음 만났을 때와. 소년 자신도, 소년과 함께 있었던 팀도 이렇게나 변하고 말았는데.

"……선생님은, 그러시면 돼요."

그렇기에 속삭였다.

몇 걸음, 앞서 나간다.

빠진 포석을 밟고서 뒤돌아보았다.

"저는 슬러 거리를 좋아해요."

어느새 비는 그쳤다.

변덕스러운 런던의 날씨답게 조금 전까지의 흐린 하늘은 그 반절이 맑게 개고 바로 아래에 무지개다리를 걸었다.

아름답게 뒤섞인 색깔 아래에서, 소년은 수줍게 말했다.

"아마 그것은 선생님이 이 거리에 계시기 때문일 거예요."

＊

──그것은 10년 전.

극동에서 제4차 성배전쟁이라는, 극히 작은 마술의식이 거행되기보다 이전.

현대마술과에 엘멜로이 2세라고 불리는 별난 군주가 나
타나기보다, 다시 몇 년쯤 전.

＊

　"그러니까, 선생님은 그대로 계셔 주세요."
　어느 소년의 별이, 슬러에서 빛나고 있었을 때의 일.

1

"진정한 영령…… 정복왕 이스칸다르를…… 하트리스와 페이커는 소환하려고 하고 있어……."

그 말은 악마의 규탄이나 다름없었다.

제4차 성배전쟁으로부터 약 10년.

그렇다면 우리는 10년이라는 시간 너머로부터 심장이 관통당한 셈이지 않겠는가. 아니, 스승님에게 주어진 충격은 그 이상이었으리라. 이마가 관통당해 바닥에 뇌수를 뿌리고도 그저 망연히 서 있을 수밖에 없다. ——탄환은 그토록 응축된 절망과 악의로 이루어져 있었으므로.

"……."

하트리스의 공방이었다.

원래는 술 창고였으리라 짐작되는 농밀한 냄새도, 전혀 취기로 이끌어주지 않았다. 지금만큼 온갖 사고를 애매하게 해주는 술의 신(酒神)이 내리는 은총에 빠지고 싶은 적은 없는데.

스승님은 웨빙이 깔린 공방의 벽을 마냥 응시하고 있다.

아마도 하트리스가 짰을 웨빙. 많은 실과 메모로 형사 드라마 같은 형태가 만들어져 있었다. 메모에는 봉인지정까지 포함한 술식이 여럿 새겨져 있고 스승님은 웨빙이 가닿을 지점을 내내 추리하고 있었을 텐데⋯⋯.

'⋯⋯그런데, 어째서.'

그렇게 생각했다.

영령 이스칸다르를 소환한다.

추리의 종착점은 스승님에게 너무나도 치명적이었다. 뱀의 유혹조차 이토록 달콤하지 않을 것이다. 하나님의 분부를 어기고 지혜의 열매를 먹었다는 원죄와도 비등하게, 그 비원은 강하게, 무척이나 강력하게 스승님을 옭아매고 있다.

"⋯⋯."

목소리가, 나오지 않는다.

──『만나게 해드리고 싶어.』

불과 몇 개월 전, 통렬하게 생각했다.

아니, 지금도 그렇다. 그런데 같은 내용이 이렇게까지 두렵게 들리는 것은 역시 하트리스라는 이름이 관여한 탓이다. 꿈에서까지 본 사항이 결코 좋은 꿈같은 결과를 부르지 않는다고, 직감하고 말았기에.

확신하고 말았기에.

"……도, 대체."

그렇지만 그 확신을 부정해주기를 바라서, 나는 애써 목을 떨었다.

묻고, 말았다.

"……도대체, 그 말씀은, 무슨 뜻인가요, 스승님."

거센 소리와 함께 책상이 흔들렸다.

스승님이 힘주어 주먹을 내리친 소리였다.

"묻고 싶은 건 나다. 술식을 해체하면 그렇단 생각밖에 들지 않는다고……!"

이를 갈며 억제된 목소리를 흘렸다.

억제하고는 있어도 숨기지 못한 무언가가 그 뒷면에 흔적을 남기고 있었다.

얼마나 큰 갈등을, 얼마나 큰 고뇌를 억누르고 있는 것일까. 예전에 이 사람이 참가한 제4차 성배전쟁은 10년 전이었다고 한다. 그렇다면 이 사람이 힘쓰던 10년은 지금 막 눈앞에서 산산이 깨진 것이었다.

"아마도—— 아니, 거의 틀림없이, 술식은 자네의 고향에서 배운 것을 기초로 하고 있네. 즉, 아서 왕을 정신과 육체와 혼으로 나누어 재현하려던 것이지."

조금 전에 하던 이야기였다.

하트리스는 내 고향을 줄곧 관찰하고 있었다. 생각해보면 나와 하트리스, 그리고 나와 스승님의 인연은 거기서부터 시작된 것이다. 그렇다면 하트리스의 계획도 그 고향에서부터 발단한 것일까. 아니, 아니면 더 이전부터……?

"하지만…… 이 술식은 그 이상이야."

웨빙 옆에 손을 놓고 스승님은 매달리듯이 술식을 점검했다.

"페이커를 핵으로 두고, 영령으로서의 이스칸다르 이상의 무언가를…… 찾아내려 하고 있어……? 그것은 예를 들면…… 영령을 촉매로 삼아 영령을 연쇄소환하려는 행위와 비슷……."

신음이 목소리에 이어졌다.

웨빙을 앞에 두고 또렷하지 못한 목소리가 터져 나왔다.

"야야야, 왜 그래, 말라깽이 마술사!"

애드의 욕설 섞인 말도 지금의 스승에게는 들리지 않는 모양이었다.

"……제길!"

구부러진 손가락, 그 끝의 손톱이 그대로 벽을 할퀴었다.

"어째서…… 내가, 알지 못하는 건데……."

그 모습이 마치 왕자(王者)에게 도전했다가 끝내 패배한 복서 같아서.

거의 조건반사와 같이 타인의 술식을 무의식중에 해체하던 스승님이, 지금에서야 그 응보를 받은 것 같아서.

나는 어떡해야 할지 알 수 없었다.

입실제자가 된 이후로, 줄곧 스승님을 지켜왔다고 여겼었다. 애드와 함께 싸워온 상대는 종종 나보다 강대해서 마주 보기만 해도 비상한 정신력이 필요했다. 그래도 맞서는 것은 가능했다.

이런 상대하고는 어떻게 싸워야 할까.

보이지 않고, 들리지 않고, 건드릴 수 없는.

스승님의 두뇌에만 실존하는, 마술의 이론이라는 내부의 적.

"그렇지만, 이로써 와이더닛(whydunit)은 통용돼⋯⋯."

당장에라도 울어버릴 듯한 표정으로 스승님이 신음했다.

"어째서 페이커가 얌전히 하트리스를 따랐는지가."

"그 말씀은."

"서번트는 당연히 마스터를 따르기 마련이라 생각할지도 모르겠지만 실상은 다르네. 설혹 절대명령인 영주(令呪)를 쓴다고 해도 장기적으로 서번트를 억지로 따르게 하기란 불가능해. 영주의 효용은 어디까지나 일시적인 것이니까."

스승님의 어조에는 문면 이상의 부언가가 배어 있있다.

어쩌면 자기 몸으로 체험한 사항일지도 모른다.

10년 전.

그 제4차 성배전쟁에서.

"그러니까…… 그 여자는, 스스로 어떠한 소망을 가지고 하트리스를 따랐다는 말이지."

"그 소망이…… 이스칸다르의 소환……."

확실히 그거라면 와이더닛은 명확하다.

진정한 주인인 이스칸다르를 현계시킬 수 있다면 페이커는 얼마든지 협력할 것이다. 그토록 누군가에게 경도된 여성을 나는 달리 모른다. 설령 세계를 정복하라고 지시해도 기꺼이 따를 것이다.

"……그렇다면 스승님은 무엇을 모르겠다는 것인가요?"

"웨빙, 그리고 붙여진 술식에는 뭔가 유도하려는 낌새가 있네. 그러니까 나라도 이스칸다르의 소환을 읽어낼 수 있었지. 동시에 이것이 나를 교란하려는 의도만 가지고 꾸민 거짓이라기엔 지나치게 시간과 비용을 많이 들인, 완성된 술식이야."

벽을 긁은 스승님의 손가락이 희미한 떨림과 함께 웨빙을 가리켰다.

"완성된 술식이라는 것은, 이론만 해도 가볍게 만들 만한 게 아니라네. 애초에 마술의 조합이란 상성이 좋은 것만 있는 게 아닌 수준을 넘어 반발과 폭주가 당연한 종류밖에 없기 때문이지. 완성도가 좋고 강도가 센 술식일수록 더 건드릴 여지가 없는 게 기본이야."

문득 플랫이 떠올랐다.

매번 마술기반 자체를 만들어내어 즉흥적인 마술을 어레인지하는 이능. 대신에 본인도 완전히 같은 마술은 쓰기 어렵다고, 전에 스승님이 설명했었다.

그렇다 치면, 스승님 앞에 있는 웨빙은 방대한 시간과 코스트를 들여서 본래 건드릴 여지가 없어야 할 술식을 플랫처럼 어레인지한 것——이라는 뜻이 된다.

"'바늘구멍을 지나듯'이라는 비유가 있다마는. 내가 해석한 부분까지만 해도 이 술식이 하고 있는 일은 비정상적이야. 그래, 틀림없이 천재라고 불려야 마땅한 인물이 공들여서 계산을 되풀이하는 모습이 눈에 선해. 우수한 마술회로가 있으면 가능하다 같은 수준이 아니야. 심상치 않은 집념과 집착, 수없이 거듭된 발상의 전환이 없으면 여기에는 이르지 못할 테지. ……그리고 거기까지 해도, 아니 거기까지 했기에 더더욱, 시기든 장소든 상당히 한정적인 마술이야."

"……시기와, 장소."

예를 들면, 별의 위치.

예를 들면, 영맥(靈脈).

마술은 다양한 요소에 영향을 받는다. 그렇기에 시계탑의 교실은 주의 깊게 선발한 장소에 만들어지기 마련이다. 여러 술식을 융합시키면 이 요소들도 당연히 융합된다. 봄의 술식과 겨울의 술식을 병행해서 돌리기란 불가능하다는 뜻이다.

새로운 술식을 만들고자 하면 매번 이런 문제와 직면하게 된다. 이 때문에 마술사에 따라서는 유용한 신규 술식으로 법정과의 특허를 따서 이용한 술자에게서 저작권료를 받아 생계를 꾸린다고 한다.

"그 중앙에, 그 남자가 있어."

스승님의 손가락이, 떨렸다.

어쩜 이리도 복잡한 감정을 실은 그 남자일까.

"그렇다면."

스승님이 말을 이었다.

"……내가, 하트리스를 방해해서, 뭐가 되겠어."

"스승님."

부른 소리가, 들렸는지 어떤지.

눈을 맞추지 않은 채 스승님의 목소리는 금이 간 돌바닥을 기었다.

"하트리스가 이스칸다르를 소환하려고 한다면 오히려 나는 협력해야 하지 않을까. 시계탑의 질서 따위, 즉각 내팽개쳐야 하지 않을까. 예를 들어 재소환된 그 남자가, 과거 성배전쟁의 기억이 없다고 해도, 내가 그 남자의 마스터가 아니라고 해도, 그런 건 왕의 부하로서 받아들여야 할, 극히 사소한 일이 아닌가."

아아, 당연히 그렇게 된다.

시계탑 따위, 스승님에게는 멍에에 불과하다.

엘멜로이 교실의 학생들은 아낄지언정 그것도 자기 인생을 바친 왕과 비교할 만한 것은 아니리라. 제5차 성배전쟁 참가를 취하한 것도, 결코 왕과 만나기를 포기했기 때문이 아니다. 왕의 대역이자 또 하나의 왕이기도 했던 페이커의 목적을 이 눈으로 확인하고 판단해야 한다고 마음먹었기 때문이다.

그리고 스승님은 답에 이르렀다.

이스칸다르를 소환하기 위한 것이라는 답에.

'……그럼.'

나도 그 행동을 응원해야 할까.

스승님의 고뇌를, 스승님의 갈등을, 바로 옆에서 보던 이로서 이 사람의 등을 밀어주어야 할까. 하트리스 옆에 서서 페이커를 도와 이스칸다르를 소환해야 한다고 권해야 할까.

"……"

모르겠다.

한마디도 말로 나오지 않는다.

딱 한마디면 족하다. 스승님의 버팀목이 되고 싶은데, 뒤죽박죽으로 뒤얽힌 뇌는 아무 말도 만들어주지 않았다. 고향에서 시(詩)라도 약간 배워둘 걸 그랬다. 페르난도 사제라면 분명히 기꺼이 가르쳐주었을 텐데.

"……저기."

가까스로 겨우 딱 한 가지, 생각이 미쳤다.

"하트리스는 이스칸다르를 소환해서 무엇을 하려는 것이죠?"

"모르겠는 것은 그 부분이라네."

스승님의 얼굴이 막막하게 일그러졌다.

"페이커를 이용한 재소환이 술식의 주체인 것은 확실해. 그러나 하트리스는 그 주위에, 극히 복잡한 술식을 다시 복수 배치하고 있어. 그중에는 봉인지정된 마술사의 것조차 포함되었는데 말이야. 아까 말하다가 나온 Emiya—— 에미야의 마술도 그래."

"봉인지정이라면, 아마 전에 들었던——."

1대 한정이라고 판단된, 극히 귀중한 마술사를 보호하기 위한 시계탑의 칙령. 보호라고 하면 듣기에는 좋지만 그 실상은 마술사의 뇌수부터 마술회로까지 떼어내어 영원히 보존하기 위한 기구라고 하지 않았던가.

그리고 그 지정이야말로 법정과의 중요 업무 중 하나였다.

"에미야의 마술은 외부와 단절된 시간의 흐름을 만들어내는 것이지만."

나직이 스승님이 설명했다.

"원래는 그로써 시간의 끝―― 근원을 보는 것이 목적이었던 모양이더군. 내가 시계탑에 입학하기보다 이전의 일이긴 하지만, 발각된 당시에는 꽤 화제가 되었다고 하지. 음, 근원에 도달하려 하는 플랜은 여럿 있지만, 꽤 현실적인 것 중 하나일걸. 시계탑이 들고 일어나 봉인지정하는 것도 무리는 아니지. 틀림없이 이것 또한 천재의 작품이야.

나는 군주^{로드}로서 이런 술식의 개요까지는 알고 있네. 경우에 따라서는 다른 술식과 조합했을 때의 해답도 끌어낼 수 있지. 하지만 그런 미지의 술식을 복수 조합해서 아까 말한 응용까지 가고자 하다니……."

거기서 스승님은 말이 막혔다.

"……아니, 그게 아니야."

이어서 직전까지 하던 고찰을 부정했다.

"단순히 복잡할 뿐이라면 어떻게든 가능해. 시계탑에는 이것보다 복잡한 술식을 구축하는 이도 있어. 하지만 이 술식에서는 하트리스가 길러온 마술이 보이질 않아. 아무리 복잡한 술식을 조합하려 한들 그 핵에는 그의 본질인 마술이 있어야 하는데, 그것이 없어. 설령 마술사가 아닌 마술쟁이라고 할지라도 자주 쓰던 본질은 자연히 배어날 텐데도. 그 남자는 어디에 이르고 싶은 거지? 어떤 사상이 이런 마술을 긍정하는 거지? 아니면 본래 현대마술과의 학부장이란 이래야 하는 법이었나?"

왠지 모르게 이해가 간다.

스승님의 관찰력은 필시 사람에 기인한 것이다.

루비아젤리타 에델펠트의 성격에서 보석 마술의 본질과 그다음을 꿰뚫어 본 것처럼. 황금희(黃金姬)와 백은희(白銀姬)를 만들어낸 바이런 경과 대치해서, 그 쌍둥이의 비밀과 쌍모탑(雙貌塔)의 신비를 간파한 것처럼.

마술사는 와이더닛에 거역할 수 없다고 예전에 스승님은 말했다.

——『태어나기 전부터 계속 마술이라는 이야기에 잠겨온 마술사는 저항하든 수용하든 간에 반드시 그 내면까지 침식되고 말지. 그 의미로 마술사만큼 거짓말을 못하는 인종은 없어.』

박리성(剝離城) 아드라에서 언급했던 대로, 스승님은 언제나 마술사 자신이나 피험자의 성질을 꿰뚫어 보는 과정을 거쳐 그 마술의 본질에 다가섰었다.

그러나 하트리스가 남긴 발자국에는 그런 냄새가 결여된 것이다. 그 때문에 내 고향에서 발견된 술식에서도 스승님은 크게 고심하며 해석할 때 월령수액(月靈髓液)의 원조가 ᵇᵒˡᵘᵐᵉⁿ ʰᵃⁱᵈʳᵃ처럼 필요했다.

마술사로서라기보다, 인간으로서의 자세가 결여된 것 같이.

마치 그 이름처럼…….

"……하트리스도 근원을 목표로 하는 걸까요?"

왠지 모르게 질문하고 있었다.

많은 마술사들이 추구하는, 마술의 출발점이자 종료점. 시계탑이라는 조직도 여기에 이르기 위해서 운영된 것이 아니었던가.

그러나 스승님은 고개를 내저었다.

"아마도 아닐 걸세. 그렇다면 이만큼 복잡하게 조합할 필요는 없지. 에미야의 마술은 완성하면 그것만 가지고도 근원을 노릴 수 있을 정도야. 그래서 봉인지정이지. 거기에 이스칸다르나 다른 술식을 섞을 의미가 없어……."

신음이, 서서히 다른 감정을 누출하기 시작한다.

분노와 비슷한 격한 감정에서, 체념과 비슷한 고요한 감정으로.

"그러면 나는 하트리스에게 숙이고 들어가, 그 해답을 들어야 하나?"

누군가에게 묻고 있는 것 같지는 않았다. 그저 자기 자신을 향한 말일 것이다.

공방에서 소리가 끊기고 괴괴한 침묵이 흘렀다.

지금까지 아무리 기괴한 사건이어도 스승님의 입장은 명

확했다.

탐정은 아니라고 장담하면서도 스승님이 하는 행위는 곧 수수께끼의 해명이었다.

그러나 탐정이 이 사건은 해명할 대상이 아니라고 마음먹으면, 사건은 어떻게 되는가. 하물며 범인에게 협력해야 하는 생각까지 들면——.

실이 끊긴 꼭두각시 인형처럼 힘을 잃은 스승님의 손가락이 갑자기 움찔 움직였다.

힘없이, 관자놀이에 그 두 손가락을 얹고서.

"……무슨 일이냐."

그렇게 속삭였다.

아무래도 모종의 염화(念話) 같았다. 결계 같은 요소가 없으면 마술사 사이의 통신은 현대 기술을 앞선다는 말은 스승님 수준의 실력이라도 해당되는 모양이었다.

통신은 10여 초쯤이었을까.

하트리스의 웨빙을 관찰했을 때와 마찬가지로, 한 번 더 스승님의 몸이 부자연스럽게 굳었다.

"스승님, 무슨 문제라도?"

"——슬러가, 습격당했어."

망연한 말이, 술 냄새 나는 공방에 흘렀다.

2

'이건 뭐지——?'

말조차 내지 못한 채 나는 뻣뻣하게 굳어버렸다.

슬러다.

바로 조금 전까지, 나—— 라이네스 엘멜로이 아치조르테는 플랫, 스빈과 함께 서고에서 조사를 하고 있었다. 하트리스와 그 제자의 단서를 찾아 현대마술과에 남은 서류 및 기록을 잡히는 대로 뒤지고 있었다.

그것이, 단 한 순간에 뒤집혔다.

서고 문을 연 내 앞에, 뭉게뭉게 먼지구름이 피어오르고 있다. 진(前) 학교로 전락한 건물 잔해가 부지 이곳저곳에 난잡히 깔려 있었다. 잔해 일부가 크게 건물에 박혀 있는 것이, 매우 비현실적인 광경이었다.

물론 마술사 사이의 싸움은 일일이 꼽을 수도 없다. 시계탑은 신비의 은닉을 주장하고는 있으나 마술사의 전투는 금지하지 않을 뿐만 아니라 오히려 수련된다는 명목으로 장려하는 경향까지 있기 때문이다.

그러나 이렇게 공공연한 『공격』은 나도 처음 보았다.

틀림없이 대마술에 속하는 힘. 구색뿐이라고는 해도 슬러 주위에 처진 결계를 창호지보다 쉽게 파괴한 끝에 건조물조차 파괴할 정도의 위력을 현출시킨, 강대하기 그지없는 신비.

"……."

아니지.

거짓말이다.

나는, 눈을 돌리고 있다.

파괴 직전에 본 사실. 창궁에서 떨어져 내려온 혜성 같은 빛이, 이전에 목격한 어느 보구(寶具)와 동일한 것이라고 직감해버렸다.

즉, 그것은——.

"——자, 자, 잠깐 이게 뭔 일이야, 라이네스!"

처음 제정신을 차리고 소리를 지른 사람은 역시 플랫이었다.

원래부터 상식 안쪽에 없는 그가 보자면, 이 상식에서 벗어난 사태도 여느 때와 같은 일이었을지도 모른다. 다만 그 반응에 나는 무의식적으로 평소의 독설을 뱉고 말았다.

"……뜻밖인걸. 다름 아닌 너니까, '와아 굉장해.' 라거나, '이런 건 처음이라고.' 하고 두근거리며 말할 줄 알았다만."

"그야 엘멜로이 교실에 큰일이 났잖아요! 다들 어디 다쳤을지도 모르는데 그런 소리를 어떻게 해요!"

플랫의 대꾸는 지극히 성실했다.

"……맞는 말이야. 미안하다."

그 바람에 무심코 쓴웃음이 넘치고 말았다.

하기야 그는 그런 소년이었다. 너무나 규격 외라 평범한 마술사하고도 달라져서, 그렇기에 이곳을 소중히 여기고 있다.

그런 생각을 하는 동안 차츰 사고회로가 순환하기 시작했다.

"플랫, 너는 모두에게 연락해서 피난을 시키도록. 가능하다면 우리 오라비에게도. 스빈, 너는 트림마우와 함께 내 호위로 따라와 줘야겠다."

"에엑! 그런 법이 어디 있어요! 저도 르 시앙 군이랑 같이 따라갈래요!"

"아니, 이건 공주님 말대로 해야지."

스빈이 나를 별명으로 부르며 끄덕였다.

"개개의 피해 상황을 다 파악할 수 없는 이상, 다른 사람을 살피러 가는 것은 네가 적절해. 마술의 응용성에 관해서라면 엘멜로이 교실에서 네가 으뜸이니까. 반대로 습격자를 발견하거나 상황에 따라서는 공주님과 같이 도망치는 거라면 내가 빨라. 적재적소에 따른 판단이다.”

“으으음!”

플랫의 말문이 막히자 나는 슬쩍 어깨를 으쓱였다.

“뭐, 나는 직접 지켜보지 않으면 보고할 수 없으니 말이지. 이만큼 골탕을 먹었는데 현대마술과의 후계자는 사태조차 파악하지 못했다는 소리를 들으면 체면 문제가 돼. 관위결의 전 에는 그런 사태를 절대 피하고 싶다.”

“아아, 참 내, 알았어! 말을 안 들어먹는 녀석 먼저 죽는 게 좀비 영화의 철칙이니까! 다들 피난시키면 바로 돌아올 거야! 아, 이거 왠지 다른 쪽 플래그 같네!”

플랫은 손을 척 들고 나서 달려나갔다.

스빈에게는 못 미쳐도 여간 빠른 것이 아니었다.

뒤늦게 길에 모습을 드러낸 다른 학생들에게 적당히 말을 건네면서 곧장 앞장서서 걷고 있다. 저런 면모는 무드 메이커의 강점이다. 상황을 완전히 이해하지 못해도 왠지 모르게 하고 싶은 말만은 전해진다는 것은 귀한 재능이다.

남은 스빈이 나를 돌아보았다.

“공주님은 정말로 피난하지 않아도 되겠습니까?”

“아까부터 그렇지만 그 별명으로 불리는 건 오랜만인걸.”

나를 엘멜로이의 공주님이라고 부르는 사람도 있다. 물론 경의를 담은 말이 아니다. 본래의 본가인 아치볼트 가문이 몰락해서 억지로 후계자에 옹립된 나를 야유할 의도로 부르는 명칭이다.

그러나 스빈은 가끔 다른 의도로 쓰고 있었다.

"이 긴급사태에, 선생님께서 부재중이신 이상 현대마술과의 대표는 공주님입니다."

즉, 이런 뜻이다.

필요에 따라 조직상의 상하관계를 확립하고자 즉시 행동한다. 그러기 위해서라면 호칭이나 태도도 바꾸는 면이 참으로 야생의 들개 같다. 무리의 보스를 확실하게 정해두는 것이 그의 행동원리인 것이리라.

그렇기에 나도 끄덕였다.

"그래, 네 말은 이치에 맞아. 덤으로 말하면 나에게 자각을 촉구해 피난시키려는 의도겠지만…… 방금 말했지? 골칫거리를 떠넘길 우리 오라비가 없는 이상, 나도 상대할 수밖에 없는 상황이다."

"알겠습니다. 하지만 충분히 경계해 주십시오."

"물론이고말고. 트림마우, 자율방어 태세로."

"명령에 따르겠습니다. 아가씨."

배후에 있던 트림마우가 살짝 끄덕이고 흐물흐물 녹았다. 만일을 대비해 바로 나를 지킬 수 있도록 은빛 슬라임형의 방어 태세다.

둘이서 천천히 걷기 시작했다.

바로 스빈이 눈을 가늘게 떴다.

먼지구름 너머를 바라보고 있는지, 아니면 냄새를 맡은 것인지.

"파괴의 중심은 구(舊) 학사 같습니다만…… 그러고 보니 이용한 적이 없었군요."

"엘멜로이가 현대마술과를 맡을 적에는 봉인되어 있던 장소라서 말이야. 물론 대충 둘러보기야 했지만 영지(靈地)로서의 왜곡은 손을 대기 어려워서, 섣부르게 마술을 쓰면 악령 따위가 대량발생할지도 모른다기에 나와 오라버니도 딱히 손댈 생각은 없었지."

나도 설명하면서 치맛자락을 잡고 무너진 벽을 슬쩍 넘어 갔다. 썩 고상한 동작이라고는 할 수 없지만 비상사태이니 넘어가 주었으면 한다.

옆에서 걷는 소년의 몸은 이미 마력으로 뒤덮여 있었다.

파르스름한 화염과도 비슷한 마력은 많은 마술사의 눈에 보일 정도다. 그것은 소년의 마술에 따라 짐승의 형상을 띠고 있다. 날카로운 발톱과 송곳니, 그리고 일반적인 『강화』의 몇 배가 되는 순발력 및 감각의 증폭을 부르는, 글라슈에 이트 가문의 마술.

수성(獸性) 마술.

때로 짐승의 광기까지 초래한다며 기피되던 마술은, 스빈의 대에서 결실을 맺었다. 오라비의 가르침이 얼마나 도움이 되었는지는 나도 모르겠지만, 엘멜로이 교실에서도 최연소급의 전위(典位)를 획득한 것을 보아도 그 실력은 명백하다.

"냄새가, 납니다."

마치 평지보다 편한 것처럼 걸으며 때때로 커다란 잔해를 한 손으로 치워가며 코를 실룩이던 소년이 말했다. 물론 후각도 수성 마술을 발동하여 추가로 몇 배나 날카로워졌다. 이 먼지구름 한복판에서도 일절 헤매는 바 없이 부서진 잔해 속을 빠른 걸음으로 나아간다.

구 학사의 내부는 더더욱 처참한 상태였다.

폭풍 하나를 건물에 가두어두었다 쳐도 이만한 참상은 되지 않을 것이다. 창문은 모조리 다 깨지고 벽은 검게 타서 습격이 얼마나 매서웠는지를 충분히 표현하고 있었다.

"철저……하다기보다는, 그만한 파괴력이 있었다고 봐야 하겠죠."

스빈의 말에 나는 침을 삼켰다.

그 마안수집열차(레일 체펠린)에서 느낀 공포를 억지로나마 참아냈다. 까딱하다가는 발도 머리도 멈추고 말 것만 같았다. 아마도 본능이겠지 싶다. 똑같이 신비를 다루는 이로서 차원이 달랐던 그 영령에게 마술사의 본능이 굴복하려 들었다.

"상대가 하트리스라 치고."

자각이 있었기에 더욱 저항하고자 목소리에 힘을 주었다.

"슬러 거리에서 일반적인 범위라면, 애초에 카울레스로 변신해서 잠입했을 때에 얼마든지 물색이 가능했을 테지. 현대마술과에 복수하려는 것이라면 첫 일격 뒤에 침묵하는 것이 이상해. 플랫이 피난 행동을 독려할 수 있을 만큼 시간 간격을 두는 것은 상책이 아니고, 페이커의 보구라면 연속적인 파괴도 가능했을 거야. 어떻게 생각하지?"

"몇 가지 추측은 됩니다만."

옆에서 같이 가던 스빈이 속삭였다.

그 목소리도 희미하나마 마력을 띠고 있다. 짐승의 포효는 동서양을 불문하고 날것 그대로도 완성된 마술이다. 때로 사악을 불러들이며, 때로 그 반대로 마성(魔性)을 쫓는다. 예로부터 사람에게는 불가능한 음역과 야성의 울음에는 그만한 의미가 있다고 여겨왔다며, 오라비의 강의 중에도 이야기가 나왔었다.

"한 가지는 마력 부족. 보구를 사용하는 데에는 대량의 마력이 필요할 겁니다. 성배전쟁에 관해서 약간 조사는 했지만, 서번트의 유지는 어느 정도 성배가 대리한다더군요. 그러나 인원수에 속하지 않는 그 여자에게 그런 특전은 없을 테죠."

"일부러 쳐들어 와놓고 적진에서 연료 고갈이라고? 명색이 현대마술과의 전 학부장이 그런 어리석은 자일 리 없겠지. 그렇다면야 편하겠다 싶지마는."

"그렇죠. 그쪽일 가능성은 없습니다."

애당초 그럴 의도였는지 자기주장을 곧장 철회한 스빈이 말을 이었다.

"그렇다면 다른 한 가지 쪽. 목적은 슬러가 아니라, 이 구학사."

"……나쁘지는 않아."

나도 인정했다.

"구 학사 전체에 걸린 봉인이라면 푸는 데에도 시간이 걸리지. 아예 보구로 돌파하겠다는 폭력적 수단도 고려하지 못할 건 없어. 하지만 그렇다 쳐도 아직 부족한 점이 있는 걸. 그 남자가 학부장이던 시절이라면 이곳의 봉인쯤이야 얼마든지 마음대로 할 수 있었을 텐데. 나중이 되어서야 역시 필요했었다며 생각을 물렸을까?"

"……저는, 선생님처럼 추리할 수는 없는데요."

"그렇게 말하면 우리 오라비도 나는 탐정이 아니라며 늘 떠드는 대사를 할 대목이지."

거의 고정 대사가 된 오라비의 푸념을 떠올린 나는 입술을 뒤틀었다.

"그리고 엘멜로이 교실의 쌍벽 중에서 오라비와 같은 답을 공유하는 것이 플랫이라면, 오라비와 같은 계산을 공유하는 것이 너잖아. 플랫은 도중의 계산식을 싹 다 빼먹고 시험에 답만을 적은 끝에 하나도 모르겠다며 낙제점을 받는 타입이지만, 너는 오라비와 같은 식을 적는 우등생이야."

"……."

딴 곳을 보던 스빈이 나직이 중얼거렸다.

"와이더닛."

"호오."

"아마도, 선생님도 하트리스의 와이더닛을 한 가지는 알아채셨을 겁니다."

오오, 정말로 나왔다. 과연 엘멜로이 교실의 현역 중에서 유일하게 전위에 손이 닿은 우등생.

"흠. 그건 어떤 것이지?"

"하트리스는 최대한 마술세계에는 비밀리에 이 사건을 진행하려고 했었다는 것이죠."

"응? 비밀리라고 해도 이미 실종 사건은 파악되었잖아? 심지어 비해해부국에선 살인 사건까지 일으켰는데 비밀이고 자시고 할 게 어디 있어."

"사건을 비밀리에 하려는 게 아닙니다. 자신의 카드를 숨기려 한다는 거죠."

"……아하."

비로소 이해가 됐다.

"즉, 제자의 실종은 들켜도 상관없지만—— 대군보구를 쓸 수 있는 경계기록대가 수하에 있는 것은 숨기고 싶다는 의미다?"

"네. 비해해부국에서야 살인 사건을 일으키고 말았지만, 그때에도 과도한 파괴는 일으키지 않았습니다. 그리고 그건 사전에 대비했던 비해해부국의 캘루그의 저항 때문에 부득이했다고 추측해야 마땅하고요. ……즉, 하트리스는 가능한 한 시계탑에 찍히지 않게끔 행동하고 있었습니다. 신비의 은닉만 지켜지는 한, 시계탑은 마술사의 사건을 방치하기 일쑤니까요."

소년의 말은 하나하나 명확하다.

자잘한 마술의 도리보다 단순한 사실에만 준거하고 있는 것을 보아, 의외로 오라버니보다 탐정에 적성이 있는 게 아닐까? 아니, 미스터리 소설의 탐정이라면 더 알기 어려운 잡설이나 이론을 섞어서 둘러대리라는 느낌도 들지만.

"그런데 하트리스는 여기서 화려하게 카드를 꺼냈죠. 아마 이 순간에 꺼낼 것을 훨씬 전부터 결심하고 있었을 겁니다. 슬러에 선생님이 계시지 않는 이 타이밍에. 관위결의를 이제 코앞에 앞둔 이 타이밍에."

"……그렇군."

살짝 끄덕였다.

교섭과 마찬가지다. 하트리스의 행동과 타이밍에는 필시 확실한 의미가 있다.

"그렇다면 카드를 꺼낸 이상, 지금이 그 남자가 외친 외통수인가?"

"적어도 그중 하나라고 생각합니다. 더 말하자면 이 구 학사에서 꼭 카드를 꺼내야 했을 이유도 있을 테고요. 그러니까 공주님도 따라오려고 했던 거잖아요?"

"그야 그렇지. 우리 오라비가 없는 곳에서 멋대로 '체크 메이트를 당했네요. 깔끔하게 져버렸습니다.'라고 해서야 얼간이가 따로 없지."

입술을 삐죽이며 나는 대꾸했다.

"오라비로부터는 하트리스 및 페이커와 조우할 것 같으면 즉시 퇴각하라고 들었지만, 슬러가 직접 표적이 되어서야 아무래도 불가능해. 설령 아무것도 할 수 없어도 발버둥 칠 수 있을 때까진 발버둥 쳐야지. ……그건 그렇고, 너의 그 판단력은 조금 더 일상에도 응용해야겠어."

구 학사의 참상에서 앞서 걸어가던 스빈이 시선만 돌려 쳐다보았다.

"무슨 말씀이시죠?"

"그야 그렇잖아? 그런 판단이 그레이 상대로 가능했다면, 관계가 더 진전되었을지도 모르는데."

"고, 공주님?!"

스빈의 목소리가 뒤집히자 나는 큭큭 웃고 말았다.

실로 청춘답다. 어둠을 들이마시며 사는 것과 같은 우리가 그런 화제를 입에 담고 있다는 사실이 영 유쾌했다. 마술 사니까 그런 반짝거리는 것에 손이 닿지 않는다는 건 변명이고, 그저 단순히 겁이 많아서 쭈뼛대고 있을 뿐이지 않은 가 망상하고 만다.

그런 환상을, 보고 만다.

분명히 그 오라비 때문이리라.

너무나도 마술사다우며, 너무나도 마술사답지 않은, 그 쌍방의 면모를 갖춘 오라비이기에.

무너진 나선계단 뒤로 돌아가 『강화』한 신경을 팽팽히 긴장한 채로 벽에 손을 짚어가며 나아간다.

금세 그 장소에 맞닥뜨렸다.

원래는 학사의 홀이었던 장소다.

오래도록 쓰이지 않았던 그곳에서 나는 전혀 모르는 공간을 발견했다.

"지하……."

대리석으로 이루어져 있던 바닥이 함몰되어 넓은 공간을 거멓게 내비치고 있었다.

"아까 네 추리, 빙고인 모양인걸."

이 구 학사에서 카드를 꺼내야만 했던 이유.

현대마술과의 선대 학부장인 하트리스가 추구할 만한 무언가—— 지금의 현대마술과의 중진인 나도 모르는 무언가가, 구 학사 지하에 숨어 있다면?

"지하, 지하, 순 지하뿐이야. 그레이의 고향에서도 그랬지만 어쩐지 쥐가 된 기분이라고."

"저희에게는 친밀한 장소이지 않은가요."

"뭐, 마술사니까."

"먼저 갑니다."

스빈이 구멍으로 몸을 날렸다. 소리는 거의 나지 않았다. 고양이의 몸놀림과도 비슷한 독특한 자세로 소년이 나를 향해 손을 흔들었다.

그 모습을 본 뒤에 나도 큰맘 먹고서 다리를 『강화』하고 뛰어내렸다.

착지의 소음을 최대한 죽이고 주위를 둘러본다.

"슬러에 이런 곳이 있다고?"

거의 캄캄했지만 최소한의 빛이라도 마술사의 눈에는 충분했다.

믿기지 않았다. 그렇건만, 어둠 내부에서 도드라진 구조물은 너무나도 옅게 내가 보는 것이 허깨비가 아님을 호소하고 있었다.

몹시 거대하지만, 어딘가 본 적이 있는 형상을 띠고 있었다.

머리 위의 구멍에서 후두둑 파편이 떨어지더니 그 구조물에 튕겨 나갔다.

"……이게 뭐지?"

침을 삼키고 손을 뻗었다. 부정하고 싶었는데, 확실한 감촉이 돌아왔다. 돌아오고 말았다. 너무나도 거대하기는 했지만 그것은 어릴 적에 익숙해진 키틴질 외각의 감촉── 즉.

"⋯⋯벌레 주검일까요."

중얼거린 스빈의 음성도 어딘지 현실미가 결여되었다.

아아, 그렇다.

인정하고 싶지는 않다. 하지만 인정할 수밖에 없다.

우리 눈앞에 있는 것은 거대한 벌레의 주검이었다.

Pill bug

공벌레 종류에 속할까. 그러나 지독하게 거대하기 짝이 없다. 명백하게 체고는 3미터, 체장은 10미터를 넘고 있다. 심지어 주검은 하나만이 아니라 광대한 지하 공간 이곳저곳에 여럿 나뒹굴고 있었다.

"아니, 아니, 아니! 아무리 그래도 말이 안 되지!"

고개를 내저었다.

"규모가 규모야. 아무리 치밀한 결계를 쳤더라도 이런 것이 지하에 묻혀 있는데 나든 엘멜로이 교실의 학생들이든 간에 몇 년이고 눈치채지 못할 리 없어. 만약 그런 게 가능하면 우리는 얼마나 얼간이라는 거야!"

명백하게, 공동은 구 학사의 내부만으로는 충분치 않다.

슬러는커녕 학술도시 주위에 깔린 결계 바깥까지 삐져나갈 법한 크기다. 이런 신전이 발밑에 있는데, 우리가 전혀 깨닫지 못하고 속 편하게 수업을 받고 있었다니, 그쪽이 훨씬 더 말이 되지 않는다.

그러나 그렇다 치면 더더욱 괴이하다.

'……마치.'

마치 고작 몇 분 전에 이 거대한 공동이 생겨난 것 같이.

"……웃."

망상을 뿌리치고 나는 시선을 들었다.

일단 눈앞의 거대한 키틴질 주검에 대해서 결론을 내렸다.

"……이것은, 영묘 알비온에 사는 생물의 주검이군."

"알비온의?"

"달리 추측할 여지가 없어. 전 세계를 뒤지면 이런 생물이 사는 이향(異鄕)도 있겠지만 런던 근교의 지하에 둘이고 셋이고 있을까 보냐."

나는 솔직한 감상을 토로했다.

있을까 보냐. 마술사로서는 못할 소리지만 너무나 황당무계한 사항을 받아들이고 싶지 않다——는 사고가 작용하고 있다.

'……제길, 알비온이 관계되었다고 해도 기껏해야 밀수품이 들어오는 수준일 거라 여겼단 말이야.'

조금 전에도 서고에서 이것저것 기록을 뒤져보았지만, 나는 이전의 하트리스가 이끌던 시절의 현대마술과가 영묘 알비온과 모종의 이익 관계를 가진 것이 아니냐는 의혹을 품고 있었다. 본래 체계상 알비온의 주체(呪體)는 비해해부국을 거치지 않으면 거의 취급이 불가능하지만, 하트리스의 제자들이 생환자라면 샛길을 아는 것도 불가능하지 않기 때문이다.

　　──『그 미궁에서, 밀수의 가능성이 나왔다고 들었습니다.』

　　로드 트란벨리오── 맥다넬 트란벨리오 엘로드와의 회담에서 오라비가 먼저 꺼낸 말이다. 내 추측과 행동도, 당연히 그 말에 근거한 것이다.
　　만약 관위결의 도중에 그런 사실이 폭로되면 치명적이라여겼기 때문이다. 알비온에서 밀수라는 금지사항을 어겼다고 알려지면, 멸문이 그나마 낫지 자칫하면 향후 백 년 동안종살이를 해야 할 수도 있다.
　　'……그런 판국인데, 뭐지, 이건?'
　　구 학사의 바닥을 뚫고 지나기만 해도 알비온에 이르다니, 말도 되지 않는다.
　　예를 들어 가장 얕은 층이라도 지하를 10킬로미터는 나아가야 당도할 터다.
　　그렇다면 이건 뭐지?
　　"우연히 알비온 중에서 비정상적으로 지표와 가까운 부분이 현대마술과의 지하와 연결되어 있었다? 혹은, 이 벌레들이 파고 온 결과, 여기까지 오고 말았다? 실은 하트리스가 지하에 원자력 발전소를 만들고 있었다는 쪽이 훨씬 납득이 가는데."

신음을 터트리던 중에 위화감이 들어서 나는 가슴을 눌렀다.

"콜록."

"공주님."

안구가 뜨겁다.

거울로 확인할 필요도 없이, 지금의 내 눈동자는 진홍으로 물들어 있을 것이다. 시야 끝자락에 희끗희끗한 그림자가 서려 있다.

"……문제없어. 스빈, 너도 수성 마술은 호흡 기관까지 철저하게 해둬. 짙은 에테르에 내장이 상할 수도 있다."

"──음, 알았습니다."

즉각 스빈의 마력이 새롭게 순환했다.

공기 그 자체까지 짙은 신비를 품고 있다. 그야말로 영묘 알비온 자체라고밖에 할 도리가 없는 환경.

아무리 받아들이고 싶지 않아도 인정할 수밖에 없는 사실이 이 몸을 깔아뭉개고 있었다.

'……그렇지만, 어떻게 된 일이지?'

구태여 이것을 보여주기 위해서 하트리스가 슬러를 습격한 것은 아닐 것이다.

그렇다면 그 와이더닛은 무엇인가. 이럴 때야말로 있어야 하는데 우리 오라비는 뭘 하고 있는지.

속물적인 고민과 초조감에 심장이 펄떡이는 것만으로는

끝나지 않았다.

눈앞의 주검을 관찰하던 스빈이 코를 실룩거리다가 등 뒤로 시선을 날카롭게 향했다. 나의 『강화』된 시각으로도 금방은 내다보지 못할 어둠을, 소년의 코가 맡은 모양이었다.

"있는 거냐?"

"네, 아직 거리는 있습니다만."

주저 없이 소년이 네 발로 엎드린 자세를 취했다.

"공주님, 이리로."

"애스턴 마틴의 승차감을 약속해주겠어?"

"야생마라도 괜찮으시다면."

등에 체중을 싣자 마치 내가 깃털처럼 가벼운 듯 소년의 발이 땅을 박찼다.

거대한 갑충의 등을 박차고 가까운 지하의 벽에 달라붙는다. 이족보행이 아니다. 구부린 손가락—— 마력으로 형성된 반투명의 갈퀴를 박아 넣는 사족보행이다. 나를 등에 태운 채로 중력을 무시하듯이 스빈의 몸은 쭉쭉 벽부터 천장을 확보하기 시작한다.

"재주도 좋지."

중얼거린 것은 똑같이 마력으로 가상구축된 꼬리까지 사용하여 스빈이 나를 지탱해주고 있기 때문이다. 과연 우등생, 빈틈이 없다. 트림마우는 얇게 퍼져서 기척을 숨기고 뒤에서 따라오고 있다.

희미하게 바람의 움직임이 있었다.

아무래도 우리 쪽이 바람을 앞에 받는 쪽인 모양이니, 그 때문에 스빈이 냄새를 맡았을 것이다.

한동안 그렇게 나아가자 이번에야말로 내 시야에도 이상이 발견되었다.

"저건……."

공간이 일렁이고 있었다.

아지랑이 같다고 표현하고 싶지만 계절이 달라도 너무 다르다. 지하에서는 계절일랑 없는 거나 마찬가지지만, 그래도 지상과 똑같이 쌀쌀한 정도의 온도인 것은 확실하다.

그렇기에 그것은 빛의 이상이 아니다.

어둠조차도 아니다.

단순한 빛에 의존하던 우리의 시각으로는 그 상태를 인식할 수 없는 것이다.

"──균열?"

무심결에 나는 중얼거렸다.

영묘 알비온으로 이어진다는 균열. 런던에 불과 네 곳밖에 존재하지 않으며, 그것조차 지하 수십 층가량이나 내려가야만 나올 터인 신비의 입구가 이 자리에 열려 있던 것이다.

스빈이 고개를 까닥 틀었다.

균열 바로 옆에, 진창이 섞인 흙을 거대한 전차가 짓이기고 있었다.

현대의 군용 전차가 아니다.

고대의 전차다.

말머리를 나란히 하고 병사들을 쓸어버리던 역사적인 병기. 단, 지금 전차를 이끄는 것은 말이 아니다. 뼈만 가지고 조립된 용이었다. 한 마리마다 발산하는 어마어마한 마력에 비례해서 그 발굽은 벼락을 두르고 전차 전체 또한 무시무시한 자전(紫電)을 뿌리고 있다.

마천(魔天)의 차륜.

그 이름을 나도 기억하고 있었다. 본래는 영령 이스칸다르의 보구지만 대역인 그녀는 마술로 그 전차를 조종한다고.

지휘자는 유유히 그 전차의 고삐를 쥐고 있었다.

"……아아, 와주었나."

그녀의 입술 끝이 위로 올라갔다. 아름답고 사나운 웃음이었다.

같은 전차의 배후에는 하트리스가 서 있으며 그 붉고 긴 머리카락을 누르고 있었다. 서번트와 마스터. 둘이 나란히 선 모습은 몹시 자연스러워서 소환 후로 아직 2개월 정도일 텐데도 예로부터 함께해온 전우처럼 보였다. 성배전쟁에 참가한 적이 없는 나로서는 모르겠지만 지금까지의 서번트와 마스터도 이러한 관계였을까.

"다행이군. 싸울 곳을 주었다고 마스터에게 감사하고 있었거든. 와주지 않으면 내가 얼간이처럼 되고 말잖아?"

……아니다.

그녀는 이미 싸운 뒤였다.

아까 갑충과는 다른 괴물들이 체액을 흘리고 땅에 엎어져 있다. 어쩌면 원숭이가 변이한 것만 같은, 어쩌면 지상을 헤엄치는 상어 같은, 어쩌면 달팽이가 변이한 것 같은, 기기괴괴한 괴물들이 남김없이 절명해 있었다.

특히 더없이 강고해 보이는 괴물의 외각이 깊숙이 갈라진 광경이 내 살갗에 오싹 소름이 돋게 했다. 신비를 충분히 흡수한 갑각의 강도는 필시 어설픈 쇠를 능가할 거라 추측이 되었기 때문이다.

'……이쪽이야말로 괴물인가.'

영묘 알비온에 사는 미지의 괴물들조차도 아랑곳하지 않는 최강의 사역마.

경계기록대.

강령술의 비오의로도 내다볼 수 없는, 영령의 좌(座)에서 불려나온 존재.

그런 그녀가 부르고 있다. 거기에 있다면 어서 모습을 보이라며.

"……죄송합니다, 공주님."

포기하고 스빈이 천장에서 손가락을 떼려던 순간이었다.

"――잠깐."

아슬아슬한 지경까지 성량을 줄이며 내가 제지했다.

"아무래도 우리가 아닌 모양인데."

이번에는 내 눈동자가 포착하고 있었다.

평소에는 주체를 못하는 감수형(感受型) 마안. 희미한 마력을 포착하여 페이커보다 더 깊은 곳의 어둠에 따끔거리는 통증의 반응을 돌려주고 있다.

약간 뒤늦게 페이커 뒤에서 하트리스가 웃음기를 띠었다.

"아아, 이거 다소 타이밍이 좋지 않았을까요. 군주^{로드}는 없을 거라 짚었습니다만, 당신과 마주칠 줄이야. ……아니, 우연일 턱이 없겠습니다만."

'……설, 마.'

소리를 지르지 않은 것이 한계였다.

대체 이 현실은 얼마나 많은 전개를 욱여넣을 작정인가. 일찌감치 포화 상태이던 내 머리는 나타난 인물의 정체에 폭발해버릴 것만 같았다.

"하하, 담배를 돌려받으려는 생각으로 온 건데 말이야."

새로운 목소리가 울려 퍼진 것이다.

어둠에서 주황색 기척이 분리되었다.

재킷의 가슴 주머니에 걸친 안경, 하얀 셔츠의 어깨에는 (아아, 내 마안이 감지한 것은 저 사역마일 것이다) 수정세

공으로 짐작되는 하루살이가 앉아 있었다. 나는 직접 만나지 못했지만 이틀 전에 그레이와 플랫, 스빈이 만난 마술사.

아오자키 토코는 즐겁게 서번트와 그 마스터를 바라보고 있었다.

3

이 사태를 어떤 식으로 파악하면 될지 알 수 없었다.

한쪽은 경계기록대.

인류사의 주춧돌이며 영령의 좌에 기록된 전사 중 한 명.

한쪽은 관위 인형사.

현대 마술사의 정점이자 한때는 봉인지정에도 이름이 올랐던 여마술사.

양쪽 모두 현격한 신비이며 그 존재 자체가 전설로 전해지는 괴물이었다. 하나뿐이어도 시계탑을 뒤흔들 이들이 설마 현대마술과의 지하에서 대치하고 있다니. 누가 상상할 수 있을까.

하물며…… 하물며 만에 하나 이 둘이 싸운다면 어떻게 될지는.

"정식으로 인사하는 건 처음이군요, 미스 아오자키."

페이커의 배후에서 하트리스가 묵례했다.

그 인사에 일정 거리에서 토코가 정지했다.

"학생 시절부터 닥터 하트리스의 이름은 듣고 있었지. 현대마술과와 거의 접촉이 없었던 게 이제 와서 후회돼. ……아니, 그런데, 재미있는 구경을 했어."

주위를 쳐다본 토코의 말에 하트리스가 고개를 갸우뚱했다.

"알비온과 연결되는 균열(포털) 말씀입니까?"

"시치미 떼지 마, 전 학부장. 구태여 보구를 써서 돌진해왔잖아. 균열(포털)은 어디까지나 일부. 이곳 자체가 어떤 성질인지 바로 좀 전에 온 나 따위보다 당신이 더 잘 알고 있을 테지?"

토코가 질문하며 이번에는 천천히 옆으로 걸었다.

다른 각도에서 하트리스와 페이커의 표정을 관찰하려는 것 같았다.

"예를 들어 방황해(彷徨海) 발트안데르스. 예를 들면 이계로 통하는 돌아오지 못하는 바다(버뮤다)."

언급된 이름은 나도 들은 적이 있었다.

하나는 시계탑 및 아틀라스원(院)과 비견되는 마지막 마술협회. 한 해에 한 번밖에 현실로 모습을 보이지 않는, 신대(神代)를 맹신하는 마술사의 무리.

하나는 서유럽에 이름을 날리는 괴이(怪異). 온갖 것을 집어삼키는 심연의 해역.

또각, 또각. 지하에 토코의 발소리가 울렸다.

"양쪽 모두 원리는 다르지만 결과적으로는 이번과 흡사해. ……아아, 예를 들면 탄산수 같은 것이지. 부글부글 끓어오르는 거품 중 하나. 사라졌다가 나타나고, 나타났다가 사라지는. 내가 좋아했던 것은 유리병의 달짝지근한 소다였지만, 지금도 일본에는 구슬이 들어 있으려나?"

그리워하듯이 토코가 눈웃음을 지었다.

"필시 영묘 알비온이라는 좌표는 지상의 인리판도(人理版 텍스처 圖)로부터는 엄밀하게 결정되지 않았어. 요동하며 불규칙적으로 좌표를 이동하고 있지. 이 좌표의 애매함은 현대과학의 양자 작용과도 비슷할 거야. 현실에 의존하지 않으니까 도리어 어디에든 있을 수 있어. 본래 지하 몇십 킬로미터에 있을 영묘 알비온의 한 지형이, 동시에 지표 가까이에도 존재할 수 있지.

즉, 불합리하기 그지없지만 영묘 알비온 안에서 이 격리된 공간 자체가 방황하고 있는 거야."

'공간이, 방황한다——?'

그 말은 아무리 생각해도 부자연스러운데도 왠지 나는 수긍되었다.

문득 오라비가 플레이하는 게임을 상상했다.

랜덤으로 나타나는 특별한 스테이지. 때로 보너스 스테이지이거나, 때로 규격 외의 강적과 싸워야 하는 엑스트라 스테이지이거나, 다양하게 취향은 다르지만 아무튼 일반적이지는 않은 절차로 출현하는 공간.

여기도 그런 장소라 친다면?

"알비온에서 떨어진 거품이 생겼다가 꺼지고, 꺼졌다가 생기지. 이렇게 생겨난 거품은 본체 알비온과 연결되면서 조금 시간이 지나면 사라지고 마니까, 지금까지 시계탑의 마술사도 비해해부국의 생환자도 알아채지는 못했어.

하지만 현대마술과의 전 학부장인 당신은 알았지. 그런 거품이, 이곳 구 학사 지하에 나타날 때가 있음을. ……어때?"

"네, 과연 대단합니다. 관위 인형사."

하트리스의 미소는 추호도 무너지지 않았다.

그리고.

"……공주님."

"……그래, 그렇다면 과거 현대마술과의 밀수 의혹은 확정이 됐어."

어둠에 숨은 스빈의 속삭임에 나는 작게 끄덕였다.

하트리스의 자금원에는 이전부터 불명한 점이 많았다.

마안수집열차에서는 마안 경매 때 이베트를 원조한 일, 쌍모탑 이젤마에서는 방대한 자금으로 보리수 잎을 준비해 낸 일. 양쪽 다 웬만한 부호가 턱 내놓을 액수가 아니다. 그러나 이런 공간의 존재가 있으며 알비온으로부터 주체를 정기적으로 채취 가능하다면 신기한 수준은 아니리라.

하지만 아직 의문은 남는다.

왜 지금 하트리스가 영묘 알비온으로 가고 있는가.

슬러를 유린하는 대군보구까지 사용하고서, 왜 이 타이밍에?

그런 의문을 머리에 핑핑 돌리고 있으려니 하트리스 쪽이 질문을 던졌다.

"그래서 미스 아오자키. 당신은 어떤 용건으로 여기에?"

"응. 별것 아닌 수색 의뢰를 받았거든. 이런 누굴 찾는 의뢰는 나하고 썩 맞지 않지만, 이런 건 속세의 의리에 따라야지. 네 제자의 수색 의뢰인데 말이야?"

토코의 눈이 하트리스의 눈을 꿰뚫었다.

"직설적으로 묻고 싶군. 너는, 과거의 제자를 어떻게 한 거지?"

"어떻게 했느냐는 말씀은?"

"딱히 어려운 걸 묻는 게 아니야. 단순히, 그들은 누구의 제자였는지 묻는 거라고, 전 학부장."

'……무슨 뜻이지?'

나도 토코의 질문이 내포한 의미는 판단하기 어려웠다.

그리고 하트리스는 단정한 눈썹을 찌푸렸다.

"이거 난처하게 됐습니다."

우수한 학생에게 과제의 오류를 지적받은 듯한 표정이었다.

잠시 간격을 두었다가 침착해진 어조로 그는 답을 돌려주었다.

"저는 그들에게, 당신의 인생을 가장 빛나는 것에 바치라고 말했습니다. 그리고 그들에게는 그에 걸맞은, 빛나는 것이 있었지요. 그러니까 어느 쪽이든 그럴 만해서 그런 결과를 낳은 셈입니다."

"과연. 그건 반가운 말이야. 그럴 만해서 그렇게 됐다면, 나쁘지는 않아. 하지만 그렇다면 어째서 알비온에 가지? 어째서 학부장을 그만두고 10년이나 들여서 이런 사건을 일으켰지?"

"시시한 이유지요."

이번에는, 하트리스는 옅은 미소를 띠었다.

"아마 다른 어떤 마술사에게 물어도 비슷하게 대답할 겁니다. 너무나도 하찮은── 너무나도 사소한 이유예요. 꽃을 땄더니 가시에 손가락을 다쳤다는, 그런 것하고 큰 차이가 없습니다."

하트리스의 음성은 평소와 다를 바 없었다.

꽃을 따는 정도의 이유. 그러다가 손가락을 다치는 정도의 이유.

내장이 뒤집히는 줄 알았다. ──고작해야 그런 것 가지고, 내 슬러를 훼손했느냐고.

반면에 토코는 하나 더 새로운 이름을 거론했다.

"크로라는 이름의 제자를 기억하나."

역시 하트리스의 표정은 변동이 없다.

"당신의 다른 제자는 실종한 사람도 포함해서 최근까지 발자취를 쫓고 있었지만, 그 이름의 제자만은 파악하지 못했어. 마지막 정보가 약 10년 전. 당신이 시계탑의 학부장을 그만두고, 하야하기 직전의 일이야."

"……."

침묵.

하트리스와 토코 사이에 보이지 않는 칼날이 오가는 것 같기도 했다. 그것은 이전의 파워 런치에서 로드 트란벨리오와 우리 사이에 오간 것과 동일하며, 반면에 언제 둘 사이에 실제 사투가 시작될지도 모른다는 의미로 완전히 다른 것이었다.

"그건 그렇고 저도 당신이 나타날 줄은 몰랐습니다."

붉은 머리 마술사는 화제를 전환했다.

"그건 누구에게 의뢰받은 거지요? 구태여 관위 인형사를 어디 어느 분께서?"

"그렇게 거창한 게 아니야. 의리를 내세우며 애걸하면 전람회 구석에 인형을 두는 일도 있지. 이번에도 그런 시답잖은 굴레 중 하나야. ……아아, 선인(仙人) 같은 거나 되고 싶던 옛날을 떠올리면 꽤 먼 곳까지 오고 말았지만."

"하지만 이 타이밍이라면 관위결의의 관계자임은 확실할
_{그 랜 드 롤}

테지요?"

"그거야말로 대답해줄 의리가 없지."

토코가 옅게 웃었다.

하트리스는 잠시 간격을 두었다.

그리고 천천히 말했다.

"다소 난처해졌습니다. 상황에 따라서 제 쪽에서 놓은 수를 피해 신임 학부장이 올지도 모른다……고는 생각했습니다만, 당신과 맞닥뜨리는 것은 상정 외였어요. 대답해주시지 않으면 저 역시 속셈을 밝히기 어렵습니다."

"교섭 결렬인가."

토코가 어깨를 으쓱였다.

발길을 돌리려다가—— 그 발이 멈추고, 뒤돌아서 물었다.

"돌려보내 줄 마음은 없을까?"

"농담이시겠지요. 그리고 당신은 약간 과하게 총명합니다. 저로서는 단 한 명이라도 시계탑 전부와 값어치가 있을 만큼 중대하고 위험하기 짝이 없습니다. 괜찮으면 조금 더 이야기를 들려주셨으면 합니다."

"그래, 현대의 마술사라는 것을 시험하게 해줘."

페이커의 눈에 불꽃이 치솟고 있었다.

이것만은 하트리스도 예상외였는지 살짝 숨을 멈추고 옆을 바라보았다. 그 시선의 연장선상에서 페이커는 히죽 입술을 일그러뜨렸다.

"아뿔싸. 전사의 영혼에 불을 지피고 말았나."

토코가 천장을 올려다보았다.

상정은 하고 있었지만 그것만은 피하고 싶었다는 낌새였다. 확실히 불장난은 쳤지만 진짜 화재가 나기를 바라지 않았다며 의뭉스럽게 떠드는 듯한 몸짓.

"그러면 어쩔 수 없지."

고개를 내저음과 동시에 또각, 하는 소리가 났다.

영창조차 없었다. 그렇기에 하트리스도 페이커도 허를 찔렸을 것이다.

갑자기 둘을 둘러싸며 수많은 마술문자── 룬 문자가 빛을 내기 시작한 것이다. 그 궤적이 조금 전 토코가 걸은 길과 일치한다고 내 눈이 호소했다.

'설마 발꿈치로 룬 문자를 새기고 있었나?!'

대체 그것은 얼마나 기가 막힌 재주일까.

"전에 만든, 룬을 생산하는 룬의 응용인데 말이야. 런던에 돌아온 뒤로는 약간 넉넉하게 들고 다니고 있어."

룬 마술은 한 번 단절된 마술이었다.

마술 기반째로 쇠퇴한 술식은 현대 마술사가 어떻게 할 수도 없다. 이미 룬 마술은 극히 일부의 가계에만 과거의 조각을 남기고 사라져갈 뿐이라 여겨졌다. 그것을 부흥시킨 것이 아오자키 토코였다.

이 위업들로 시계탑은 그녀를 관위(冠位)로 인정했다.

그리고 지금, 그녀의 발꿈치가 새긴 룬은 제곱으로 수를 늘려나갔다. 순식간에 백을 넘고 천을 넘어 관위의 룬 마술이 마스터와 서번트 한 쌍을 싹 뒤덮었다.

"대량생산(매스 프로덕션)이라 미안하지만, 받아주었으면 좋겠어. ᚨ(안수즈)의 불꽃이다."

일반적으로 룬 문자에서 불꽃은 ᚲ(케나즈)로 표현된다.

하지만 일부러 ᚨ(안수즈)를 쓴다면, 그것은 신비를 존중할 경우다. 때로 말을, 때로 신 그 자체를 표현하는 그 룬은 술자가 인식하는 신에 따라서 만물로 변용된다.

번개의 신을 떠올렸으면 번개로. 불꽃의 신을 떠올렸으면 불꽃으로.

그렇다면 그것은 단순한 불꽃이 아니라 서번트라는 강대한 신비를 태우기 위해서 선택된 룬——!

맹렬한 불꽃의 폭풍 속에서.

"페이커."

목소리가, 들린 느낌이 들었다.

이어서, 딱 한 마디.

"병풍(病風, Aello)."

한 줄기 바람이 지저에 불었다.

그 흉흉한 바람에 닿자마자 수천 개로까지 불어난 막대한 수의 룬의 불꽃이 즉시 진화되기 시작했다.

"신의 이름으로 영령을 태우겠다는 아이디어는 좋아. 양도 손색이 없어. 그러나 그 술식이라면 직접 신의 조각을 일깨우는 내 쪽이 더 유리하리란 생각을 못 했나?"

페이커의 말은 현대 마술사와는 다르게 직접 신이 부리는 권능의 조각을 빌리는 신대의 마술사이기 때문이었을까. 신대로부터 멀어져 많은 자연현상이 신령으로서의 형태를 잃었어도 계약을 맺은 신대의 마술사는 아직도 그 힘을 행사할 수 있다.

예를 들어 신대에 마술을 길러온 서번트라면——!

대응해서 토코가 새 마술을 기동할 만한 틈도 주지 않았다.

"박궐(霤蕨)." ^{Nereides}

조금 전의 이름이 그리스 신화에 나오는 하피—— 신의 피를 이은 괴물의 것이라면, 이번 이름은 아마 그리스 신화에서 물의 여신들을 가리키는 총칭이었던가.

즉시 공기 중의 수분이 응고되어 관위 마술사의 두 손 두 발을 구속했다.

"하핫. 신대 마술사의 고속신언(高速神言)인가!"

묶인 채로 토코는 웃었다.

"신비의 강도도 계제도 무시하고, 온갖 마술이 1소절! 이건 치트라기보다 이미 버그의 일종이군. 아니, 원래 뜻으로 따지자면 반대겠지만."

그러나 묶였어도 여전히 그녀는 멈추지 않았다.

날카롭게 휘파람을 부른 것이다.

아마도 룬의 불꽃을 일으켰을 때 그녀는 이미 다음 준비를 마친 것이리라. 그 소리가 울려 퍼지자마자 토코 어깨에 수정 하루살이가 앉았다. 처음 한 마리만이 아니다. 하루살이는 잇달아 모여서 마치 수정의 탑처럼 주홍색 마술사를 장식했다.

그리고 수정 무리는 모습을 바꾸었다.

그것은 흡사 포문이었다.

하루살이 한 마리 한 마리가 부품으로서 모여들어 여러 개의 거대한 포문으로 변하고 페이커와 하트리스에게 적의를 드러낸 것이다.

"신대의 마술사가 알 턱이 없겠지만 현대에는 변형 합체하는 장난감이 유행한 적이 있거든. 영국에선 어떻더라?"

"트랜스포머 장난감이 있었을까요? 그건 분명 당신 나라에서 생긴 거였다고 압니다만."

하트리스의 대답에 토코가 한쪽 눈을 감았다.

"고마워. 하나 배웠어."

포문에 마력이 집중되고 일제히 사출한다.

정밀하게 제어된── 처절한 마력덩어리.

설령 서번트라 해도 그냥 끝나지 않을 마력의 응집이었다. 하물며 마스터인 하트리스는 뛰어난 마술사라고는 해도 한낱 인간이다. 이만한 마탄(魔彈)을 맞으면 절명은 면하지 못할 것이다.

콰아, 하고 바람이 으르렁대었다.

작렬한 마탄이 방대한 먼지구름을 일으킨다.

물리적으로 발생한 위력에 지반이 드르르 울리는 가운데, 내 눈은 보았다.

먼지구름 내부에서 강풍처럼 내달린 그림자── 페이커의 용감한 모습과 그 배후에서 상처 하나 없이 있는 하트리스를.

불가능한 결과 앞에서 곧장 수수께끼를 간파한 토코가 신음했다.

"──대마력(對魔力) 스킬! ……이 아니고, 고유 스킬인가!"

아마도 이스칸다르의 대역으로서 온갖 저주를 그 몸으로 유도하였던 그녀의 인생이 일종의 구체화를 얻은 스킬일 것이다. 하트리스를 조준했을 마술은 크게 빗나가 페이커 한 명에게 쇄도한 것이다.

질주하면서 그녀의 몸에 착용한 호부(護符)가 깨졌다.

그 또한 생전의 그녀가 이스칸다르를 지키기 위해서 만들어낸 호부였을까. 서번트조차 상처 입혀야 했을 마탄은 그

호부 앞에서 머리카락을 휘날리게 할 뿐인 산들바람으로 화했다.

"마술의 정밀도는 훌륭해."

서번트가 중얼거렸다.

"발상을 보아도, 싸움에 임하는 각오를 보아도 감탄할 수밖에 없어. 술식의 교묘함으로 따지면 나보다 훨씬 위겠지. 너는 나의 왕에게 천거해도 될 만한 마술사다."

그녀에게 있어 틀림없이 최대급의 찬사였다.

"──하지만, 약골이야!"

활연히 지저의 공기가 쪼개졌다.

소리조차 남기지 않는, 깨끗한 페이커의 일격은── 그러나 토코의 두개골을 깨트리기 직전에 정지했다.

허공에서 멈춘 검이 가늘게 떨리고 있었다.

그리고 나는 속삭였다.

"──잘했어, 스빈."

"네, 공주님."

짧게 대답이 돌아왔다.

영령의 검을 막은 것은 수성 마술로 몸을 감싼 스빈이었다.

아니, 수성 마술만이 아니다. 검을 막아낸 오른손은 수성 마술과 간섭하지 않는 형상으로 은빛 건틀릿에 보호받고 있었다.

즉—— 트림마우의 일부를 가공한, 월령수액의 갑옷에.
수정 하루살이가 변화한 포문으로부터 마탄이 발사된 직후,
그 마탄이 페이커에게 빨려 들어가는 것을 본 나는 스빈에
게 개입을 명하고 월령수액을 조작한 것이다.

"너……."

"실례!"

짐승의 포효가 페이커의 얼굴을 때렸다.

이 또한 수성 마술의 응용이다. 흔해 빠진 마술사라면 일
갈이면 혼절시키기에 충분하다. 서번트인 페이커를 기절시
킬 지경까지는 이르지 못했지만 한순간 주춤하게 만들어 태
세를 회복하기에는 충분했다.

스빈과 함께 후방으로 도약한 토코가 손을 흔들었다.

페이커의 구속 마술은 그 몇 초 정도 만에 해주(解呪)한 모
양이다. 여전히 혀를 내두를 만큼 황당무계한 실력이었다.

내 쪽을 쳐다보며 토코가 한쪽 눈을 감았다.

"올 줄은 알고 있었지만, 이런 곳에서 튀어나오나."

"하하, 이 기회를 놓치면 텄다 싶어서."

쓴웃음 짓고 나는 뺨을 긁었다. 신중하게 숨어 있을 작정
이지만 페이커 쪽은 몰라도 역시 이 관위 인형사에게는 들
켰었나 보다.

덧붙여 토코는 고개를 들어 주문까지 달았다.

"감사하지. 하는 김에 저기에서 무서운 눈을 한 전사로부터 지켜줄 수 있을까?"

"스빈, 경계를."

"네."

스빈이 앞으로 나서는 모양새로 위치를 바꾸었다.

나나 토코나 육탄전 적성이 없다. 페이커가 거리를 좁히면 그 순간에 머리가 날아갈 것이다. 지금도 지저에는 긴장이 팽팽하며 마탄의 여파로 터진 흑토의 냄새와 함께 내 심장을 쥐고 으스러뜨리는 것만 같았다.

"협력해도 괜찮겠습니까?"

"물론이고말고. 수중의 룬이 부족하지 않도록 준비는 했다 생각했지만, 역시 신대의 마술사는 수준이 달라."

한 박자 띄우고 토코는 입술을 뒤틀었다.

"애초에 약골인 거야 당연하지. 가냘픈 레이디니까. 하지만 뭐—— 케케묵었다는 소리 듣는 것보다는 그나마 낫나."

"즐겁다는 양 말하지 말아주었으면 하는데요."

"미안하지만 즐겁지가 않을 수가 없어."

거리낌 없이 토코가 선언했다.

그야 그럴 만하다. 정당한 마술사라면 자신의 생명 따위보다 지금 처음으로 목도하는 신대의 신비에 사로잡히는 것이 당연하다.

그만큼 신대의 마술사는 현대와는 완전히 달랐다.

조금 전의 고속신언이 한 예다. 현대의 마술은 아무리 해도 몇 가지 형식에 얽매인다. 마력을 돌리기만 할 뿐인 1공정, 1소절부터 10소절의 간이의식까지, 이런 형식에 따라 행사할 수 있는 마술의 심도는 자동적으로 결정된다. 토코의 룬 마술도 그런 준비를 미리 끝마쳤을 뿐이고, 오히려 품은 더 많이 들었을 것이다.

그러나 신대의 마술은 이런 제약을 쉽사리 뛰어넘는다.

단 한 마디로 현현하는 마술의 심도는 세계를 속이는 간이의식에 이르는 것이다. 그렇기에 토코가 발동한 대량의 룬도 페이커는 단 한 마디로 파각(破却)했다. 마술로서의 심도가 다른 이상, 술식의 정밀도와 경도의 비교도 없이 모순되는 현상은 덧써지고 말기 때문이다.

오라비와 그레이가 그 마안수집열차에서 싸웠을 때도 끝내 마술사로서의 실력은 정상적으로 발휘시키지 못하는 상태로 억눌렀으니까——.

"로드 엘멜로이 2세의 제자들입니까."

서번트의 배후에서 하트리스는 낮게 속삭였다.

"그렇습니다. 현역 최고참인 스빈 글라슈에이트라고 기억해 주십시오."

최고참을 강조하며 스빈이 말했다.

마찬가지로 현역 고참에 속하는 플랫과의 차이는 아주 약간이지만, 그 약간이 그들 사이에선 중대한 모양이다. 스빈

의 수성 마술에 맞추어 월령수액의 갑옷은 세밀하게 유동적
으로 변화하여 은빛 체모처럼 그의 팔에서 들썩이고 있다.

"흡――!"

갑자기 그 갑옷의 손이 흐릿해졌다.

나로서는 페이커가 파고드는 움직임을 감지할 수 없었다.

뒤늦게 딱딱한 소리가 두 번, 아니 세 번 울려 퍼졌다. 소
리가 연속적으로 길게 반향하는 것을 보면 혹시 그 몇 배나
되는 충돌이 있었을지도 모른다.

마술사로서도 한계를 초월하여 『강화』된 스빈의 반사신
경이 그 정도 횟수로 파고든 페이커의 검을 요격한 것이다.
예전의 내 의붓오라비―― 케이네스 엘멜로이 아치볼트가
만들어낸 월령수액의 신비는 서번트의 검에도 대등하게 맞
서며 지저에 불똥을 튀겼다.

스빈의 몸이 쉴 새 없이 도약한다.

속도만이라면 스빈이 간신히 살짝 앞설까. 어지러이 지저
를 도약하는 그림자만을 내 눈이 좇았다. 스빈의 상태를 느끼
면서 월령수액의 갑옷을 리얼 타임으로 세밀하게 조정한다.
서번트를 능가하려면 스빈의 성능을 아슬아슬한 수준까지 끌
어낼 수밖에 없다는 사실을 나도 스빈 본인도 묵묵히 이해하
고 있었다.

'――미안하게 됐어, 오라비!'

하트리스나 페이커를 만나면 즉각 후퇴하라는 말을 들었

다. 하지만 이런 판국에 따를 수 있을 리가. 아오자키 토코와 하트리스가 적대하던 상황에 우연히 편승한 꼴이지만, 이보다 나은 기회는 없다는 직감이 들었다.

동시에 이 이상의 위기 또한.

오가는 그림자 중심에서 페이커는 일단 검을 내렸다.

아무렇게나 내렸다고밖에 여겨지지 않았다.

순간, 뒤집은 칼날의 번뜩임이 허공에 진홍의 물방울을 만들어내었다.

지저의 어둠에 발생한 붉은 참격의 선이 스빈의 옆구리가 베인 증거라고, 나의 이해가 따라잡는 데 몇 초 걸렸다. 월령수액의 갑옷조차 정면으로 보검이 가른 것이다.
볼루먼 하이드라처럼

"스빈!"

"아아아아앗!"

표적이 되었음을 깨달은 스빈이 곧장 반격에 나섰다.

신경과 혈관 주위의 근육을 조작하여 최대한 실혈을 막아내며 수은의 발톱이 난무했다. 강철을 가르는 위력과 속도에 영체를 상처 입힐 수 있을 정도의 신비를 갖춘, 수성 마술+엘멜로이의 지상예장(至上禮裝).

모든 각도로부터 짐승의 야성으로 덮쳐드는 발톱을, 정확하고도 냉정하게 페이커의 검이 잡아내고 튕겨냈다. 별다른 힘을 들인 인상도 아닌데 발톱이 튕긴 스빈이 순간 헛발을 디딜 정도였다.

그뿐만 아니라 지원으로 주위에서 사출된 수정 하루살이의 마탄도 자연스러운 보법으로 회피하고, 혹은 한 마디씩 자른 고속신언으로 파각된다.

　"윽……!"

　나는 작게 숨을 삼켰다.

　페이커가 신대의 마술사이면서 고대의 전장을 헤쳐 나온, 탁월한 전사이기도 하다는 사실은 이미 알고 있었을 터였다. 하지만 이만한 기량을 가진 것까지 정녕 알고 있었을까.

　유달리 날카로운 쇳소리가 울렸다.

　"……그놈 학생 중에는 꽤 재미있는 종자가 있군."

　보검과 수은의 발톱을 맞대고 씨름하는 채로 페이커가 말했다.

　또랑또랑하게 퍼지는 목소리였다. 통신기술 같은 것이 없는 고대의 전장에서는 이 또한 상수에게 필요 불가결한 자질이었을 것이다.

　"수성을 내리는 마술사와는 과거의 동방 정벌에서도 만났지. 흠, 인더스강의 주술사에게는 꽤 애를 먹었어. 그때 길 안내를 해준 애송이가 없었으면 더 고생했겠지. 하하, 선물로 가져와 준 토속주는 맛있었어. 덕분에 나의 왕이 고주망태가 되어 뒤처리하느라 고역이었다만."

　"……."

　나는 스빈이 두른 월령수액을 조정하면서 어느 전설을 떠

볼루먼 하이드라저럼

올렸다.

아마도 이스칸다르의 동방 정벌 이야기일 것이다. 오라비를 조사할 때, 필연적으로 그가 소환한 영령을 조사할 기회가 있었는데 그 영령에게는 비슷한 일화가 있었을 터다.

문헌에 따라서는 이때 안내한 젊은 병사야말로 훗날 고대 인도에서 마우리야조(朝)를 여는 찬드라굽타 본인이라는 전설도 있다. 이런 곳에도 세계의 주춧돌이 될 조각이 꼬박꼬박 어른거리는 것이 이스칸다르가 수준이 다른 영웅이라는 증거였다.

그리고 눈앞의 경계기록대야말로 그 대역의 재현이었다.

"그러니까, 그때도 이렇게 했지."

여자의 눈동자가 마력을 띤 것은 다음 한순간이었다.

1소절조차 넘어서 마력을 돌리기만 해도 발동하는 1공정.

강제의 마안.

보석과 황금의 랭크에는 이르지 못해도 그것 자체가 위대한 신비의 결정이라고도 할 수 있는 노블 컬러. 물론, 나 따위의―― 아직도 멀쩡히 제어도 못하는 왜소한 마안으로는 어림도 없다.

내 몸이 우뚝 움직임을 멈추었다.

스빈도 수성 마술과 수은의 갑옷은 그대로 남기고 정지하고 말았다.

"아깝군. 실로 아까워."

페이커는 속삭였다.

비꼬는 말이 아니다. 목소리에는 진심에서 나온 한스러움이 배어 있었다.

"최소한 앞으로 열이나 스무 정도 전장을 경험했더라면, 더 발버둥 칠 수 있었을 테지. 오빠의 군대에 있었으면, 반 년만 있으면 작은 분쟁을 고려해서 물건이 되었을 텐데."

오빠란, 진정한 헤파이스티온을 말하는 건가.

그리고 검을 머리 위로 쳐들고서 페이커도 정지했다.

시선이 올라간다.

스빈보다 더 뒤. 내 바로 옆이었다.

"——현대의 답 중 하나를 보여주겠단 마음가짐이야."

한 손으로 머리를 쓸어 올린 토코 또한 페이커를 바라보고 있었다.

그 의미를 깨닫고 나는 침을 삼켰다.

아오자키 토코의 한쪽 눈이 형형히 빛을 내고 있었다.

"……마안의 격뿐이라면 대단한 것이 아니군."

페이커가 중얼거렸다.

"맞아. 하지만 지금의 너는 움직이고 싶지가 않지?"

나도 토코의 눈이 보이는 것은 아니다.

그러나 그곳에 어떠한 마력이 작용하고 있는지는, 보았다.

'대체 뭐야, 저건——.'

초고정밀도 마안이라고 하면 될까.

내 인식이 틀리지 않는다면 마안의 내부에 렌즈가 존재했다. 그것도 한두 장이 아니다. 얼추 세기만 해도 스무 장 이상은 될듯한 렌즈가, 각각의 역할을 완수하여 마안의 정밀도를 비약적으로 높이고 있다. 결과적으로 위계로는 위에 해당할 페이커의 마안을 누르고 그 행동을 제지하고 있었다.

"현대의 카메라나 프로젝터에는 복수의 렌즈를 쓰는 것이 기본이라서 말이야. 포커스나 보정에 각각 다른 렌즈군의 그룹을 할당하고 겹침으로써 더욱 고성능의 렌즈 하나로 만드는 것이지. 내 마안 내부에 마술로 렌즈를 가상구축해봤어. 아아, 따지고 보면 녹내장이나 백내장 등을 치료할 때도 눈 안에 렌즈를 넣으니 현대 과학에서는 보편적인 발상이지."

그러나.

"난감하군. 나도 완전히 막지 못했어. 마력조차 멀쩡히 돌아가질 않는데."

토코가 자신의 다리를 내려다보았다.

움직임이 봉해진 것은 페이커만이 아니었다. 페이커의 마안 또한 토코를 포착해 그녀를 경직시키고 있었다. 토코의 사역마인 수정 하루살이들도 힘을 잃고 그 자리에서 지면에 떨어졌다.

그리고 페이커의 배후에는 또 한 명의 마술사가 천천히 끄덕였다.

"……이것 봐, 설마."

"마안의 저주도 페이커의 스킬이 빨아들여 준 모양이네요."

그녀의 스킬은 마안조차도 끌어당길 수 있는가.

생전, 온갖 저주로부터 이스칸다르를 수호한 희대의 이능은 현대의 지저에서도 바르게 기능했다. 관위 인형사의 함정에서도 마스터를 감싸고, 이렇게 우리를 절망시키기에 이르렀으니까.

하트리스가 손가락을 움직여 페이커의 등을 만지자 마안은 맥없이 해제되었다.

"비슷한 느낌의 사기로 그 말라깽이 마술사에게 마안이 깨져봤거든."

페이커가 내뱉은 말에 토코의 미간이 어두워졌다.

"과연, 이건 엘멜로이 2세에게 불평을 해야 할 부분인가. 본 실력이 윗줄인 적에게 사기술까지 꼼꼼하게 가르쳐서 어쩌겠다고."

'쳇' 하고 토코는 입술을 삐죽였다.

그리고 페이커는 가볍게 검 옆면을 두드렸다.

"자, 얌전하게 이 검으로 목을 날려주어야 할까? 아니면 자해하라고 명령하는 편이 나을까? 강제할 수 있는 명령은 폭이 넓지만 너무 어려운 말을 해봤자 너라면 그사이에 새 함정을 만들어버릴 것 같군."

"높이 평가해주어서 영광이야. 그것만으로도 마술사로서

는 만족이니 단숨에 마무리를 지어줘."

"——페이커, 죽이지 마십시오."

대화하는 두 사람에게 하트리스가 끼어들었다.

"그것은 함정입니다. 아오자키 토코에게는 자신의 죽음으로 발동하는 비장의 수가 있거든요. 이 자리에서 발동하면 당신도 저도, 지금의 현대마술과 사람들도 다 죽을 수 있습니다."

"음."

페이커의 검이 멈추었다.

토코가 자그맣게 한숨을 쉬었다.

"쯧. 너, 이젤마에서의 자초지종을 봤었군."

"관위 마술사의 솜씨를 구경할 수 있던 것은 다시없을 영광이었지요. 소비된 주체는 다소 아까웠지만 그만한 마술에 쓰였다면 어쩔 수 없을 겁니다."

이젤마의 발단이 된 보리수 잎의 주체 경매에서 하트리스가 출자했었음은 이미 판명되었다.

아마도 하트리스는 모종의 방법으로 이젤마의 사건도 감시하고 있었으리라. 당연히 이렇게 싸우게 되었을 경우의 대책도 고려하였겠지.

"너희는 딱히 현대마술과를 망하게 하는 것이 목적인 것은 아니지?"

평소 같은 어조로 토코가 물었다.

결정적인 궁지에 몰렸다고밖에 여겨지지 않는 이 상태에서도 여마술사의 태도로부터는 그와 같은 초조감은 읽어낼 수 없었다. 오히려 서로 마술을 주고받아 인사를 마쳤으니까 이번에야말로 논고(論考)를 거듭해야지 않겠느냐는 것처럼 오만함이라고도 진지함이라고도 못할 무언가가 배어 있었다.

"그럴 거면 아까 전차로 마냥 부지를 유린하면 그만이었어. 애초에 현대의 마술사 중에서 그만큼 강대한 보구에 응전 가능한 자는 극히 일부야. 하물며 달리고 있는 신대의 전차라면 어떻게 할 도리도 없겠지. 그런데 그러지 않고 알비온으로 향한 것은 왜지?"

"왜일 것 같습니까?"

질문을 질문으로 받으며 하트리스는 천진하게 웃었다.

도저히 시계탑에서 메인 학과의 학부장을 맡고 많은 군주(로드), 귀족들과 겨루어 온 것 같지 않을 만큼, 사심이 보이지 않는 웃음이었다.

대치한 토코는 극히 시계탑다운 표정으로 물었다.

"아까도 그래. 우리가 방해될 뿐이라면 그 전차로 받아버리면 그만이지. 그러지 않은 것은 단순히 마력이 부족하기 때문……도 있겠지만, 역시 그게 다일 리는 없어."

한 박자 띄우고, 거듭 말했다.

"너의 제자에 관한 질문, 대답해주지 않았지?"

"……."

"나도 미처 말을 못했지만, 오늘 비해해부국에 시체가 나왔다더군. 너의 제자인 캘루그라고 했던가. 그 시체에 관해, 나는 한 가지 해답을 가지고 있어."

"역시 당신만은 두렵군요. 아오자키 토코."

절절한 감정을 담아 하트리스가 말했다.

"페이커. 이분께 동결 처치를."

"그러지."

토코를 죽이지 않고, 그러한 마술로 조치할 것을 결심했는가. 이번에는 어떠한 신의 조각을 일깨울 작정인가.

스르륵, 입술이 무언가를 엮으려 했다.

찰나.

"──지금이다!"

"트림마우!"

내 외침에 스빈이 두른 수은의 갑옷만이 움직였다.

눈 없는 월령수액은 페이커의 마안에 걸리지 않았다. 그 수은은 칼날을 형성해 페이커의 옆얼굴을 후려쳤고, 한순간 그 서번트가 눈을 깜빡이도록 강제했다.

충격에 서번트가 얼이 나간 것은 불과 한순간. 하지만 그 한순간이면 충분했다. 지면에 추락한 수정의 하루살이들이 모조리 숨을 되찾고 날아오른 것이다.

아오자키 토코의, 사역마가!

합체하여 포대로 변했었던 사역마들은 재차 분열하더니

이번에는 기괴한 빛을 뿜어 지면에 거대한 상을 비추었다.

"좋은 구경을 했어. 그렇다면 감사를 표해야겠지."

토코가 속삭였다.

그 발밑에서 기이한 울음소리가 들린 것 같았다.

혹은 우리의 귀에는 울음소리로밖에 인식할 수 없는 무언가가.

쌍모탑 이젤마에서 나와 그레이는 아오자키 토코의 사역마를 체험했다. 그것은 영사기로부터 투사된 그림자 그림의 고양이를 조종하고 있었지만, 그 뒤로 불과 몇 개월 만에 이 천재는 이미 다음 마술에 도달한 것인가.

다시 말해, 한 영사기에만 의존하지 않고 복수의 영사기형 사역마를 가지고 새로운 사역마를 투사한다는 기기괴괴한 기예를.

'꾸불텅' 하고 지면에서 벗겨지듯 이형의 그림자가 3차원에 솟아올랐다.

"자, 이번에는 어떻게 받아칠 거지? 신대의 마술사."

만강의 자신감과 함께 내뱉은 토코의 한쪽 눈썹이 꿈틀 움직였다.

곧바로 그것은 우리 전원을 덮치는 이변이 되어 현출했다.

"──흔들리고 있어!"

지진.

아니, 단순한 지진이 아니다. 원래부터 영국에는 좀처럼 지진이 일어나지 않지만 이 흔들림이 단순한 물리적 현상이 아님은 내 안구가 지각하고 있었다. 페이커와 같은 노블 컬러에도, 아오자키 토코와 같은 현대의 노하우를 응축한 적층 마안에도 한참 못 미치지만 가까스로 마력의 변화만은 간파하는 이 눈이.

"벌써 이동할 순간인가!"

하트리스의 표정에 희미한 동요가 발생했다.

"페이커! 알비온으로부터 떨어진 이 장소가, 알비온으로 돌아가려고 합니다. 이대로는 남겨집니다!"

"칫——!"

서번트가 혀를 차는 것과 동시에 어둠에서 전차가 움직였다.

지하의 좁은 구조 때문인지 싸움에는 쓰려고 하지 않던 전차에 뛰어 올라타자마자 뼈의 용에게 고삐를 휘두른다. 즉시 공간의 균열로 돌진하려던 전차에, 토코가 투사한 그림자의 사역마 또한 이형의 몸을 질주했다.

마지막까지 그 이형이 어떤 능력을 보유하고 있었는지는 알 수 없었다.

하지만 그림자의 발톱은 확실하게 신대의 전차를 훼손했다.

"아오자키, 토코——!"

무언가가, 지면에 튕겼다.

희미한 빛을 반사하며 자그마한 쇳소리는 내 발밑까지 이어졌다.

"……금화?"

골동품인 것은 확실하다.

표면에 어떤 사람의 옆얼굴이 양각되어 있다. 하지만 어째서 그런 것을 전차에 쌓고 있었는가.

그런 의문을 검토하기보다 먼저 이변은 더욱 가속되었다.

흔들흔들, 지저 자체가 출렁이기 시작한다. 마치 악몽에서 복귀하는 것처럼, 물속에서 떠오르기 한순간 전처럼, 세계는 명멸하고, 수렴하고, 약동하고, 붕괴하고, 재구축하고, 불타오르며, 얼어붙으며, 그 모든 것을 머금은 채로 내 눈에 날아들었다.

"앗……!"

"공주님!"

스빈의 외침이 아련하게 들렸다.

서번트 한 기와 마스터 한 명의 몸이 균열^{포털} 너머로 뛰어드는 것과 동시에 나의 세계는 흔적도 없이 산산조각 났다.

제 2 장

1

스승님과 나는 망연히 그 광경을 바라보고 있었다.

마치 폭격이라도 있었던 것만 같았다.

도로의 건물이 부서지고 거대한 파편이 다수 지면에 박혀 있다. 단순한 마술의 소행이 아님은 일목요연. 파괴력으로 따지자면 세상 끝에서 빛나는 창에도 필적하리라.

이곳이 슬러라고 어떻게 믿을 수 있을까.

불과 반년 정도라고는 해도 내가 늘 다니던 학사는 현재 폐허에 가까웠다. 유린된 전장과도 비슷하다. 우리가 아는 슬러와의 공통점은 런던 근교다운 겨울의 습한 바람 정도일까.

"──페이커인가."

신음한 스승님의 옆얼굴은 숫제 죽은 사람 같았다.

"페이커와 하트리스가, 이렇게, 만든 건가."

한 마디씩 구분 짓듯이 말한다.

휘청거리듯이 걸으며 부서진 파편 하나하나를 당장에라도 부서질 듯한 표정으로 응시하면서 가슴을 잡는다.

이 사람은 유리로 이루어진 것이 아닐까 하는 묘한 생각을 하고 말았다. 그도 그럴 것이, 당장에라도 산산조각이 나버릴 것 같았으니까.

그런 스승님에게 도로 옆에서 목소리가 날아왔다.

"교수님!"

"플랫!"

활달하게 손을 흔든 플랫에게 스승님이 허겁지겁 달려갔다.

늘 트러블과 함께 나타나 온 교실에 소동을 일으키는 소년을 상대로 스승님이 처음으로 보이는 표정일지도 몰랐다. 다양한 감정이 엉망진창으로 뒤섞인 모습으로, 그럼에도 스승님이 빠르게 물었다.

"무슨 일이지! 다른 학생과 강사는 어떻게 됐어!"

"저기 그게, 라이네스가 시켜서 학생의 피난을 마쳤습니다. 조사하러 간 스빈과 라이네스는 모르겠지만 다른 쪽은 강사님들도 모두 포함해서 전원 무사해요."

"라이네스가, 지시를……!"

그런 이야기를 나누고 있을 때.

"……오오, 왔는가, 2세."

듬성듬성해진 회색 머리카락에, 콘티넨탈 수염. 구겨진 슈츠를 걸친 호호영감 같은 인물이 스승님에게 말을 걸어왔다.

샤르댕 옹.

스승님이 복구한 엘멜로이 교실에서는 초창기부터 근무하던 2급 강사였다.

"어르신도 무사하셨습니까."

"하하하. 자네가 슬러의 방비는 강화하라고 말해주지 않았는가? 시설 내부에 있던 사람은 거의 피해가 없이 끝났다네."

샤르댕 옹의 말에 나는 무심결에 눈을 깜빡이고 말았다.

그런 수도 써놨었던가.

하트리스에게 대항하기 위해 스승님은 생각할 수 있을 만한 모든 방책을 강구한 것이리라. 이번에도 분명 그중 하나가 적중한 것이다.

그러나 그렇다고 해서 스승님의 표정에 환해진 기색은 한 톨도 없었다.

샤르댕 옹에게 고개를 숙이면서 다시 한번 플랫에게 묻는다.

"그래서 플랫. 스빈과 라이네스는 어디를 조사하러 갔지?"

"그 두 사람은…… 하늘에서 떨어진 빛을 쫓아 구 학사로

갔는데요."

소년의 답변에 스승님은 죽어버릴 듯한 표정으로 구 학사를 바라보았다.

그대로 휘청거리듯 걷기 시작한 스승님을 나는 당황하며 만류했다.

"안 돼요, 스승님! 무슨 일이 일어나고 있는지 알지도 못하는데!"

"안 갈 수가 있겠나! 내 여동생과 내 학생이야!"

해쓱해진 낯빛으로, 그럼에도 결코 발을 멈추려고 하지 않는다. 그 지하에서 이스칸다르의 소환이라는 받아들이기 어려운 사실과 직면한 직후인데, 그럼에도 스승님은 저항하고 있다. 공포도 충격도 의무감도 하나로 꼬아서, 필시 아무 생각도 못할 지경일 텐데도 몸에 밴 삶의 자세만이 몸을 움직이려 하고 있다.

그런 스승님에게 또 하나의 목소리가 닿았다.

"……흠, 그렇게 사랑을 주었다니, 남사스러워서 얼굴에 불이 날 것만 같지만, 아쉽게도 그 구 학사에 나는 없어."

"라이네스 씨!"

등 뒤에서 나타난 소녀를 보고 심장이 멎는 줄만 알았다.

"안녕, 그레이."

라이네스는 가볍게 손을 흔들었다.

"하하하. 제법 위험했지만 말이야. 스빈이 나를 감싸주어서, 간신히 탈출했지. 그래, 스빈 쪽은 치료 중이지만 요컨대 둘 다 무사하니까 안심해줘."

말을 마친 라이네스가 윽 신음했다.

내가 매달렸기 때문이다.

"자, 잠깐 그레이."

"다행이다……. 다행이에요."

도저히 참을 수 없어서 소녀의 어깨에 이마를 싣고 말았다. 허깨비고 뭐고 아니라, 느껴지는 그녀의 부드러움과 체온이 기뻤다. 눈물로 옷을 더럽힌 것도 아주 면목이 없지만 이 순간만은 알아채지 못했다.

"그, 뭐냐……."

잠시 말문이 막히다가.

"……미안하다."

라이네스로부터 그런 말을 들은 것은 처음 같았다. 등을 토닥토닥 두드린 것은 아마 그녀의 손이었다고 생각한다. 다정해서, 내 마음 하나하나에까지 다가서 주는 듯한 손바닥이었다.

그러고 나서.

"한 명 더 손님이 있어. 오라비는 요전에 만난 상대지만."

턱짓으로 가리켰다.

나도 스승님도 그 상대에 눈이 휘둥그레졌다.

무너질까 말까 하는 벽에 그 아오자키 토코가 기대고 있었기 때문이다. 건물 그림자에 숨어 있어도 뚜렷하게 알 수 있는 붉은색 머리카락. 다크 네이비 색상 재킷을 멋들어지게 입고 우리 쪽을 스윽 바라보고 있었다.

가까스로 경악을 눌러 삼킨 스승님이 슥 머리를 숙였다.

"아무래도 당신에게 감사를 표해야 할 모양입니다."

"상황이 그렇게 됐을 뿐이야. 설마 경계기록대^{고 스 트 라 이 너}하고 만날 줄은 몰랐지만."

깊게 숨을 내쉬고 토코는 어깨를 으쓱였다.

그 눈치를 보건대 적어도 모종의 교전을 거쳤다는 뜻일까. 그렇다면 한낱 마술사가 그 서번트와 엇비슷하게 싸운^{사 람} 셈이 된다. 한계를 모를 여성이라고는 생각했지만 이 정도일 줄이야.

"다만 그쪽에는 이젤마에서 진 빚이 있었으니까. 그걸로 퉁치기로 하지. 아무튼, 빌려주었던 걸 돌려주었으면 좋겠는데."

"이것 말입니까."

한 박자 뒤에 스승님이 슈츠 품속에서 담뱃갑을 꺼냈다.

쌍모탑 이젤마의 사건 마지막에 토코가 스승님에게 맡겨 두었던 담배임을, 그제야 비로소 나도 깨달았다.

"설마 가지고 다녔을 줄이야."

"언제 뵈어도 괜찮게 준비하고 있었지요. ······아니, 저번에 뵈었던 모습은 아무리 그래도 예외였습니다만."

"주도면밀하기도 하지."

입술 끝을 뒤틀며 받아든 토코가 그 안의 한 개비를 물었다.

스승님이 성냥을 그어 불을 내밀자 그녀는 천천히 연기를 빨아들여 맛본 뒤에 뱉어냈다.

"……아아, 맛없어."

맛에 관해서 언급하고 있는데, 어째선지 별개 사항을 평가하는 듯한 말투였다.

잠시간 폐허 꼴이 되고 만 슬러에 담배 연기를 날린다. 스승님도 재촉하지는 않았다.

한 개비 다 피운 것을 본 뒤에 다시 물었다.

"무슨 일이, 있었지요?"

"아아, 구 학사의 지하 말이야."

토코는 구두 앞부리로 톡톡 가볍게 지면을 두드렸다.

"거기에 영묘 알비온이 있었거든."

"허……?"

"이미 닫혔지만. 방황하는 공간 같다고 하면 그럴싸하겠어. 타이밍은 꽤 타이트하고 시간도 불규칙한 타입이겠지. 이 시기에 알비온의 부정공간이 출현할 거라 특정 가능한 것이야말로 닥터 하트리스의 진면모라 할 수 있을 거야. 이것저것 뱉어내게 할 작정이었는데, 상대방이 냉큼 내빼더군. 나 원, 그렇게까지 판을 벌이게 해놓고 이기고 튀는 수로 가다니 여간내기가 아니야."

토코의 말은 절반도 의미를 알 수 없었다.

다만 라이네스도 같은 현장에 있었는지 마지못한 느낌으로 끄덕이고 있었다. 그만큼 그녀라 해도 받아들이기 어려운 이변이었던 것이리라.

'그러면, 하트리스는.'

알비온으로 가기 위해서만 보구를 써서 슬러를 유린한 건가……? 그럴지도 모른다. 하트리스가 현대마술과의 전 학부장이었음을 감안하면, 고향이라고도 할 수 있을 이 자리를 파괴해서까지 영묘를 목표로 했을지도 모른다.

'……모르겠어.'

나는 마술사의 사고는 도저히 파악하지 못하겠다고 실감할 뿐이다.

"어쨌든 간에, 이렇게 된 이상 쫓아가려면 넷밖에 없는 정식 알비온의 입구를 이용할 수밖에 없어. 지금의 나로선 감당이 안 돼."

중얼거린 토코는 품속에서 케이스를 꺼냈다.

안경을 쓰자 이전처럼 그녀의 말은 부드러워졌다.

"그래서, 어쩔 생각이죠?"

스승님에게 묻고, 안경 속에서 눈을 가늘게 뜬다.

"나는……."

말하려다가 스승님은 머뭇거렸다.

이마에 손을 짚고 힘없이 고개를 내저었다.

"……모르겠어."

"스승님."

그 음성에 서린 허무함에 그만 끼어들고 말았다. 마치 그것은 당장에라도 질 것만 같은 꽃 같아서.

"내가 어떡하면 될지, 난 이제 모르겠어……."

너무나도 나약한 목소리로 고백했다.

잠시 그런 스승님을 내려다보다가 토코가 선고했다.

"흥 깨지는 답변이네."

안경을 쓰고 있을 때의 대응 같지 않은, 차가운 말.

아니, 오히려 이쪽이 어울릴 것이다.

안경을 쓰는 것으로 언동은 바뀌어도 본질은 바뀌지 않는다. 다소 우선순위가 바뀌어봤자 그녀가 아오자키 토코로서 내리는 결론이 흔들리지는 않는다. 요컨대, 방금 스승님의 태도에 어느 아오자키 토코라도 그런 답을 돌려주었을 것이다.

그래도 아무 대꾸도 못하는 스승님을 쳐다보며 토코는 말을 이었다.

"무엇을 보았죠?"

"……아까의 감사 표시로, 가르쳐주어야 할까."

간추린 스승님의 설명을 듣자 토코는 '오호라' 하고 맞장구를 쳤다.

"조금 예상 밖의 일도 있었구나. 봉인지정을 받은 에미야의 술식이라. 응, 들은 적은 있어."

봉인지정이라고 하면, 한때는 토코도 이름을 올렸었다. 그래서 같은 처지에 처한 마술사와 술식에 대해 개요 정도는 알고 있던 것일까.

"당신은 당연히 알고 있겠죠. 그렇다면 당신이 도출한 답에는 결여된 점이 있어요. 즉, 닥터 하트리스가 소환한 이스칸다르로 무엇을 하려고 하는가, 그 답이 빠져 있죠."

"……예."

끄덕이기는 하지만 스승님의 목소리에 이미 의지는 느껴지지 않았다.

라이네스와 스빈을 찾아 헤매는 중에는 가까스로 짜내고 있던 기력이, 완전히 동나버렸나 싶었다. 다 타버린 양초와도 비슷하다. 양초는 갈면 되지만 인간일 경우 어떡하면 되는 것일까.

"더 이상 하트리스를 쫓을 마음은 없어졌어요?"

"……."

스승님은 아무 말도 하지 않는다.

당장에라도 허물어질 듯한 몸을 필사적으로 억누르고 있는 것처럼도 보였다.

토코가 발길을 돌리고 시선을 보내지 않으며 중얼거렸다.

"나도 한 가지만 가르쳐줄게요."

그렇게 말을 남겼다.

"비해해부국에서 나온 시체에는 조금만 더 신경을 쓰는 편이 나을걸요."

아마 그녀의 대사에는 중대한 의미가 있었을 것이다. 내가 아는 아오자키 토코는 결코 무의미한 말을 입에 담지 않는 사람이었다. 나는 이해하지 못해도 스승님이라면 충분히 전해질 터였다.

"……."

그러나 스승님은 아무 대답 하지 않은 채 고개만 숙이고 있었다.

그 사실을 연민하지도 멸시하지도 않으며, 토코의 속삭임만이 유린된 슬러에 남았다.

"잘 있어요, 군주.^{로드}"

．

2

——꼬박 하루가 지나갔다.

슬러의 복구는 생각 외로 빨랐다.

마술은 물론이거니와 평범하게 공사용 중장비 등도 들어
와 있는 것은 현대마술과답다고 할 수 있을까. 이 방면의 공
사에 관해서는 시계탑이 입김이 닿은 회사가 시행하기에 비
밀은 엄수된다고 한다.

그러나.

스승님은 거의 집무실 밖으로 나오지 않았다.

처음에 학생들과 강사들의 무사를 하나하나 확인하고, 각
자에게 말을 건넨 뒤에는 집무실에 내내 틀어박힌 것이다.
뒷일은 이번 소동에 달려온 시계탑의 사무원 등에게 최저한

의 대응을 한 정도.

스승님의 그림자를 줄곧 좇고 있던 학생들도 말을 건넬 적의 스승님의 초췌한 모습을 보자 이번만은 거리를 두고 있었다. 아무리 흠모하고 있어도 타인이 함부로 말을 붙일 수 없다…… 그런 무언가가 스승님의 얼굴에 새겨져 있었기 때문이다.

치료가 끝난 스빈과 플랫은 그런 학생들을 응대하느라 바쁜 모양이었다. 강사들 사이에 섞여서 교실 복구, 수업 스케줄 재구축, 제출한 논문류의 검토를 하고 있었던 모양이다. 스빈은 몰라도 플랫 또한 의외로 믿음직한 것이 나에게는 뜻밖이었지만 필시 계산으로만 때우지 못할 부분에서는 그의 직감이 이바지했을 것이다.

라이네스 역시 같은 사정에 쫓겨서 스승님의 집무실에는 한 번 들어갔다가 몇십 분가량 만에 물러난 이후로 무소식이다.

그리고.

"……."

나는 방에도 들어가지 못했다.

아직 습격시의 먼지구름도 청소를 끝내지 못한, 집무실 앞의 복도에서 내내 주저앉고 있을 뿐이었다. 다행히도 몇 명의 학생과 강사가 위로의 말을 건네주고 때때로 커피나 초콜릿까지 주었지만, 나는 고맙다는 말밖에 할 수 없었다.

하트리스의 공방에서 스승님에게 무슨 일이 있었는지조차 라이네스 말고 다른 사람에게는 제대로 설명하지 못했다.

"······스승님은, 회복할 수 있을 거라 생각하나요."

"히힛, 일반적으로 생각하면 무리지."

오른쪽 어깨의 고정구^{hook}에 들어간 채로 애드가 대꾸했다.

"저런 건 1년은 꿀꿀하게 신경 쓰는 게 일반적이야. 여하튼 가장 큰 마음의 지주가 최악의 형태로 뒤집힌 노릇이니 말이지. 이미 이 사건에 대처할 만한 정신력은 저 녀석에게 남아 있지 않을걸."

애드의 말은 철저하게 현실적이다.

나도 그것이 일반적이라 생각한다.

이번에 스승님이 얼마나 상처 입었는지를 고려하면 회복해달라는 소망은 도저히 바랄 만한 것이 아니다.

——영묘 알비온의 재개발을 둘러싸고 관위결의^{그랜드 롤}가 집행된 것.

——하트리스가 이스칸다르를 소환하려고 하는 것.

——그 하트리스와 페이커가 갑자기 슬러를 습격한 것.

——현대마술과의 지하에서 특정 타이밍에 영묘 알비온의 일부가 나타나고, 두 사람은 그것을 이용하여 알비온으로 들어간 것.

그 모든 것이 너무나 충격적이었다.

나아가 하트리스의 제자가 실종되었다거나, 그중 한 명이 비해해부국에서 밀실살인을 당했다거나, 얼마든지 더 보탤 수가 있다.

생각을 해보면 나도 너무 많은 정보량에 정신이 나갈 것만 같다.

하물며 스승님에게는.

"그때, 로드 유리피스 영감태기는 사흘 후인 2월 2일이 관위결의라고 말했지. 즉, 벌써 내일이야. 방법이 없어. 저 녀석 없이 각오를 다질 수밖에 더 있겠냐?"

"……."

대답을 할 수 없다.

가슴속에서 돌이 데구르르 구르는 것 같다.

울퉁불퉁한 돌이 몸 내부에 파고들어 부드러운 부위를 손상시킨다. 움직여야만 하는데, 아픔이 방해해서 일어나는 것도 감당하지 못한다.

불과 몇 걸음 앞에 있는 스승님의 방은 마치 몇십 킬로미터 너머에만 있는 것 같았다.

"……."

애초에 만나서는 안 될 것이다.

스승님에게는 틀어박혀 있을 권리가 있다. 그만큼 노력을 하고, 그만큼 고심했는데 그 전부가 무(無)가 된 거나 다름

없는 사람이 충격을 받아 틀어박혔다고 누가 탓할 수 있을까. 오히려 본인이 회복할 때까지 가만히 놔두는 편이 훨씬 옳은 행위이지 않을까.

나도 이런 복도에 앉아 있어 봤자 뭐가 되겠는가.

이것은 단순한 의존이리라. 스승님 생각을 한다면 회복할 때를 위해서 조금이라도 상황을 진행해두어야 마땅하다. 플랫도 스빈도 라이네스도 그러고 있다. 그들처럼은 활약하지 못해도 일조 정도는 할 수 있을지 모른다.

"……그렇지만."

입술이 말을 흘렸다.

이치로는 그렇다 해도, 도저히 납득할 수 없었다.

마지막에 본 스승님의 얼굴이, 아무리 타인을 거절하고 있었다고 해도 도저히 나는 가만둘 수가 없었다.

"그렇지만, 소제(小弟)는."

목소리가 떨리고 말았다.

주저앉은 다리는 기력이 없다. 하지만 이제는 앉아만 있는 쪽이 분명 두렵다.

줄곧 마주하던 문을 바라보며 비틀비틀 일어섰다. 용기는 나오지 않는다. 그런 것은 없다. 없는 채라도 상관없으니 지금만은 움직이길 바란다고 내 몸에 빌었다.

한 걸음만, 앞으로 나아갔다.

또 한 걸음. 또 한 걸음씩, 기도하듯이 다가간다.

심장이 아프다.

그도 그럴 것이, 이런 것은 무섭다. 만약 거절당할 걸 생각하면 죽어버릴 것만 같다. 그래도 손은 움직여서 문을 노크했다.

대답은 없었지만, 들어오지 말라는 말도 없었다.

"……들어가도, 될까요."

집무실의 문고리를 빙글 돌렸다.

＊

천장이 높았다.

아니, 이것은 거의 하늘이지 않을까.

보이는 곳 전부를 뒤덮은 천개(天蓋)는 불가사의한 색조의 빛을 다양하게 뿜고 있다.

그 빛이든 색이든, 급기야는 공기에 싱그러움까지 느끼는 것은 아마도 이 지저에 남은 신비 때문일 것이다. 아니, 그 아오자키 토코가 말했듯이 현실에서의 좌표가 부정확하다면 이곳을 지저라고 부르는 것이 옳을지는 미묘한 부분이지만. 아득한 고대, 지저가 저승이던 시절도 고려하면 일종의 이계라 여기는 편이 알기 쉬울지도 모른다.

영묘 알비온.

시계탑 지하보다 더욱 지하.

수백 미터는커녕 수십 킬로미터나 내려간 곳의, 물리적으로는 있을 수 없는 세계.

'……그건 그렇고, 지저의 하늘이라.'

그 방약무인한 왕을 따라다녔어도 이런 광경을 본 적은 없었다. 만약 이런 기억을 가지고 돌아갈 수 있으면 한 가지 자랑할 수 있는 건수가 늘겠는데.

'……그, 왕을 배신한 개자식들에 끼어서?'

가슴에 검은 화염이 화륵 타올랐다.

개소리가 따로 없다.

스스로도 제어할 수 없는 방대한 양의 감정이었다. 같은 수준의 열기에 충동질을 받아 과거 그녀는 세계를 정복하려고 했었다. 지금은 그 정보량이, 과거의 동지에 대한 미움으로 뒤바뀌었다.

이 세계에 소환되어 같은 왕을 섬기던 동료들이 왕의 후계자가 되고자 끔찍하게 죽고 죽였다고 알았기 때문이다.

후계자 전쟁.

물론 왕의 서기관인 에우메네스 등, 페이커와 궁합이 좋지 않은 이는 있었다. 그러나 왕의 어머니 올림피아스도 내로라하는 대장군도, 다들 하나같이 피로 피를 씻는 싸움을 지속할 만큼 어리석을 줄 어떻게 알 수 있었을까.

설령 그 계기가 '강한 자가 통치할 것'이라는 웃기지도 않은 유언을 남긴 왕 본인에게 비롯했다고 해도.

목소리가 날아왔다.

"……왜 그러십니까, 페이커."

"신경 쓰지 마, 마스터. 잠시 사색에 잠겼을 뿐이야."

한 손을 설렁설렁 흔들고 페이커가 시선을 내렸다.

마침 휴식하던 참이었다. 이미 시세납의 감시가 들어왔을
지도 모르기에 채굴도시에는 들어가지 않고 하트리스의 지
시대로 이동해온 곳이다.

한 손에 들고 있던 스키틀(skittle)의 뚜껑을 열어 한 모금
마셨다.

손등으로 입술을 훔치고 호오, 하고 숨을 내쉬었다.

"좋은 술이군. 신께서 여기 계시는 기분이 들어."

"당신의 신은 실로 통이 크시군요."

하트리스의 말에 페이커는 웃음기를 띠었다.

"당연하지. 혼란도 혼돈도, 신께서 아끼시는 은총이다.
사람의 이성은 이 세계 전부에는 아무리 해도 미치지 못하
니까, 유일하게 취기만이 구원이 되지."

"……과연. 신대의 마술사인 당신 입으로 들으니 묘한 기
분이 듭니다."

"관둬. 마술의 식(式)만 따지면 현대도 크게 뒤처질 건 없
어."

"그러니까, 요점은 그 이외 부분에 있는 것이겠지요. 당
신이 그 관위 인형사에게도 약골이라고 했듯이."

"물론 그렇지."

페이커는 인정했다.

"그러나 동시에 감탄도 했다마다. 현대의 마술은 내 보아하니 단계라기보다 한 차원이 다른 수준으로 열등해. 그런데도 우리를 물고 늘어질 수 있는 건, 다른 곳에 집념을 태우고 있기 때문이지. 보자니 그 아오자키라는 작자는 아직 얼마나 많은 수단을 숨기고 있을지도 상상이 가지 않아."

"⋯⋯그럴 테지요."

하트리스도 끄덕였다.

마지막에 그녀가 쓰려던 집합 투사형 사역마도 그렇지만, 전혀 한계가 보이지 않는다. 갑자기 일본이라는 벽지에서 찾아와서 관위^{그랜드}를 따낸 재능도 그렇거니와, 더욱 두려운 점은 신대의 마술사를 적으로 돌리고도 한 발짝도 물러서지 않는 그 정신성이다.

"그렇기에 `더 묻고 싶은 것은 있었습니다만, 그 사람이 새로운 비밀병기를 꺼내기 전에 떠나서 행운이었을지도 모르겠습니다."

"동감한다. 이쪽 목적은 그런 걸 격퇴하는 게 아니야."

흥, 콧방귀를 뀌고 다시 한 모금 술을 들이켰다.

"뒷일은, 대미궁이란 곳의 계층을 기일까지 필요한 만큼 돌파해두는 것뿐이었지?"

"맞습니다. 그러나 예정보다 마력을 낭비하고 말았군요."

하트리스는 송구한 듯이 시선을 내렸다.

묘한 마스터라고 생각한다.

정중한 어조 밑바닥에, 마술사 특유의 오만함이 배어 있는 주제에 뜻하지 않은 곳에서 소년 같은 순진함을 내비친다. 그녀가 섬기던 왕과도, 신뢰하던 오빠와도 전혀 다르다. 그렇기에 이렇게 현계한 지금, 한때의 충성을 맹세하는 것은 나쁘지 않았다.

물론 이 영혼은 왕과 함께 있다.

그러나 극히 일시적이라면 이 남자의 말에 따라주어도 된다…… 그렇게 생각할 정도로는 그녀의 흥미를 끄는 파트너였다. 과거의 군세에는 없던 타입.

그렇기에 드물게도 위로하는 말을 걸고 말았다.

"그렇게 말하면 힘든 쪽은 너겠지. 여하튼 나는 대성배의 보조를 최저한밖에 받지 못하고 있어. 저장량은 충분한가?"

"그럭저럭은, 저축해두었지만요."

"그렇다면 좋고."

페이커는 살짝 끄덕였다.

"지금부터가 우리의 싸움이잖아?"

말하고 눈앞의 그것을 올려다보았다.

뒤얽힌 거목이 문 같은 형태로 뒤틀려 있었다.

영묘 알비온 안에 여러 군데 있는 대마술회로의 입구 중 하나가, 저것이라고 한다. 아아, 정직하게 고백하면 유쾌해서 참을 수 없었다.

그 왕조차도 오지 못한, 또 하나의 세상 끝에 지금 서 있다.

그 사실이 술맛 이상으로 그녀의 마음을 끓어오르게 했다.

"목표는 몇 층이었더라?"

"대마술회로 175층. 몇 군데 큰 지름길은 있습니다만, 알비온의 내부는 항상 변화하고 있습니다. 비교적 안정적인 지름길 또한 이전과 같을 가능성은 꽤 낮을 테지요."

"좋은데. 그 정도가 아니라면 의욕이 안 나지. 듣자니 현대의 마술사들도 도전한다며?"

"일단 말해두겠습니다만, 현대의 마술사가 영묘 알비온에 도전할 경우, 정면으로 싸우는 괴물은 생식종류 중 기껏해야 2할 정도입니다. 나머지는 애초에 상대가 되지 않습니다. 그들은 미궁을 탐색해서 귀중한 주체를 발굴하는 데 특화한 것이지, 괴물과 싸우는 것이 소임이 아니기 때문입니다. 거기에다 생포하느라 함정을 까는 일은 있지만 말이지요."

"오오, 제대로 우리가 아니라 그들이라고 말했군."

페이커는 흡족하게 끄덕였다.

자신들은 현대의 마술사처럼 움직일 필요가 없다고 하트리스가 언외로 암시한 것을 평가했기 때문이다.

"아주 좋아."

즐겁게 페이커는 이를 드러냈다.

"자, 영묘 알비온이란 곳을 침략하자, 마스터!"

3

문은 잠기지 않았다.

집무실 안쪽에서 스승님은 소파에 깊이 앉아 있었다.

갑자기 몇십 살이나 나이를 먹고 만 것 같았다. 설령 죽을
병에 걸렸어도 이렇게 되지는 않으리라. 스승님을 스승님답
게 하는 정수를 송두리째 빼앗긴 것처럼 보이기까지 했다.
_{Essence}

앉은 채로 내내 움직이지 않는다.

가끔 창밖에 눈길을 보내어 복구공사의 진행을 확인하는
정도다.

"……스승님."

대답은, 없다.

아마 그러려니 싶었다.

그러니까 나는 포기하지 않고 기다렸었다. 언젠가도 같은

행동을 했었다. 이 사람이 움직이지 못하고 말을 하지 않는다면, 최소한 나만은 그때가 올 때까지 기다리고 싶었다. 설령 이 세상 끝이 온다고 해도 이렇게 기다리면서, 갑자기 세계가 사라져버린다 해도 그러면 되겠거니 싶었다.

로드 유리피스—— 루프레우스가 그때 말한 대로라면 관위결의(그랜드 롤)가 시작될 때까지 이제 하루밖에 남지 않았다.

만약 이대로 시간이 오면 어떻게 될까.

엘멜로이파(派)가, 해체의 고역을 치르게 될까. 아니, 애초에 하트리스가 목적을 달성하면 시계탑은 어떻게 되어버릴까. 라이네스의 말대로라면 그는 자신의 동기를 시답잖다고 형용했다는 모양이다. 그렇지만 사소한 동기가 거대한 결과로 이어지지 않는다고 누가 말할 수 있을까.

하물며 규격 외의 서번트를 불러내어 영묘 알비온에 도전하려고 하는 과거의 학부장이 무슨 짓을 일으킬지 누가 예상이 가능하다는 말일까.

슬금슬금 심장이 부드럽게 부여 잡히는 것 같았다.

안절부절못하겠는데, 그래도 지금만은 기다리고 싶었다.

이 사람이 무슨 말을 꺼내려는 마음이 들 때까지, 아무리 긴 시간이라도 기다리자. 설령 결과적으로 이 심장이 터져도, 다리에 기력이 빠져 서지 못하게 되더라도, 그럴 만한 것을 이 사람으로부터 받았으니까.

태양이 꽤 기울었을 무렵이었다.

"……처음의 와이더닛은 그 공방에 도착하기 전부터 다 다랐었어."

스승님이 속삭였다.

소파 팔걸이를 손가락으로 어루만지며 마치 망가진 녹음기처럼 억양 없는 음성으로 중얼거리고 있었다.

"하트리스는 어디까지나 비밀리에 이 사건을 진행하고 싶었다는 뜻이지."

"네? 하지만 비밀리라고 해도——."

이치에 맞지 않는 것이 아닌가. 애초에 하트리스의 제자가 사망한 사건은 법정과가 장악해 스승님의 귀에도 전해졌다.

"제자의 사망 사건과 잇따른 슬러의 습격까지의 이야기라네. 마안수집열차에서는 화려하게 일을 벌였지만 아마도 예외는 그것뿐이야. 아아, 그때는 진심으로 우리를 죽일 작정이었던 거겠지. 그 사건을 제외하면 다른 제자가 실종된 건이든, 이전의 이젤마에서 있던 비밀 경매 관여든, 마안수집열차에서 밝혀진 제4차 성배전쟁의 감시 건이든, 닥터 하트리스의 행동은 극히 조용한 것이었어. 신비는 은닉해야 한다는 마술사의 본능 때문인가도 싶었지만, 그렇다 해도 그만한 서번트를 소환해놓고서 그 뒷일이 다소 심하게 조용해."

스승님의 말은 내용만 보면 평소와 변함없이 치밀하다.

하지만 그 내부에서 본래의 지성에 기반을 둔 통찰력이나 꼼꼼함은 느껴지지 않는다. 허탈감에 빠졌는데, 그럼에도 긴장을 완전히 풀지도 못한다── 모순된 요소가 스승님 안에서 엉키고, 정체되어, 결과적으로 먼저 나왔던 연산의 답만을 재생하고 있다.

그런데도 겨우 흘러나온 말에 매달리듯이 물었다.

"⋯⋯그건, 무슨 뜻인가요?"

"그만큼 마술세계에 영향이 큰 행위를 저지르려는 것이겠지. 만약 알려지면 시계탑의 파벌이 모두 합세해 막으려 들 정도로. 그렇지 않으면 웬만한 일은 거느린 서번트로 날려버리면 다 끝이야. 현대에 영령을 당해낼 자라곤 거의 존재하지 않으니까."

"⋯⋯."

레일 체펠린
마안수집열차에서 벌인 그녀와의 전투를 떠올리고 몸서리쳤다. 영령을 당해낼 자라곤 거의 존재하지 않는다──. 그 말이 진실임을, 지긋지긋할 만큼 절감했기 때문이다.

그리고 스빈과 라이네스, 나아가서는 그 아오자키 토코가 뭉쳐서도 막기란 불가능했다.

그렇다면 우리에게 할 수 있는 일이 또 뭐가 남아 있을까.

잠시 생각하다가 물어보았다.

"⋯⋯반대로, 시계탑이라면 서번트를 막을 수 있는 건가요."

"그건 게임판이 바뀌는 얘기로군, 레이디."

스승님은 살짝 눈을 좁혔다.

"예를 들어 페이커는 신대의 마술사이며 이스칸다르가 사용하던 전차의 보구를 자기 나름의 방법으로 활용하지. 이것이 무한하게 쓸 수 있다는 조건부라면 시계탑의 마술사가 다수로 덤벼도 그 여자를 막기란 어려울 거야."

"조건부라면?"

"보구를 발동할 만한 마력을, 무한하게 용출하는 것이 불가능하기 때문이야."

"……아."

지극히 당연한 사실을 지적받아 나는 멍청하게 입을 쩍 벌렸다.

"하물며 성배전쟁의 룰에 따르면 서번트에겐 마스터라는 약점이 있어. 이 약점을 항상 지키면서 시계탑과 싸우는 것은 극히 어려울 테지. 기습 한두 번은 성공할지도 모르지만 그뿐이라네. 신대의 마술사로서 신비에서는 앞설지도 모르지만 한 번이라도 방어 태세로 몰아넣으면 방법이야 얼마든지 있지. 이 경우, 방법이라는 것을 인간의 악의라고 바꿔 말할 수도 있겠지만."

거기까지 말하고 스승님은 자신의 입가를 만졌다.

희미하게 미간의 주름이 깊어졌다. 진즉에 결론이 나온 추리를 재생할 뿐이라도 무언가 생각하는 바는 있었던 것일까.

"그런데, 여기서 하트리스는 카드를 공개했어."

시선이 창밖으로 돌아갔다.

이번에는 구 학사 방향이었다.

"현대마술과에 약간의 사건이 있어도 시계탑이 움직일 일은 없다고 보았을지도 몰라. 실제로 이번 일을 다른 과도 진즉에 냄새를 맡았겠지만 일단 살피러 올 듯한 낌새가 없으니 말이야. 하지만 보구까지 썼다면 더 중대한 의미가 있다는 소리가 돼."

라이네스로부터 들은 이야기로는, 스빈도 하트리스의 행동에 관해서 비슷한 추리를 했다고 한다.

사제(師弟)가 같은 세계를 공유하고 있다는 뜻이리라. 늘 머리가 따라잡지 못하는 나로서는 그 점이 부러웠다.

"즉, 영묘 알비온이야말로 그들의 최종지점이었기 때문이야. 히든카드를 꺼낸 결과 시계탑의 주의를 끌어도 이제 문제없어. 그곳의 채굴도시만 넘으면 이제 시계탑조차 손을 뻗지 못하는 거지."

"……."

최종지점.

그들은 한 발 먼저 골인지점으로 쳐들어갔다. 탐정이고 뭐고 따라잡지 못할 곳으로. 그들의 답이 있는 곳으로. 그것은 즉, 이미 승리했다는 말이나 진배없다.

우리는 아무것도 알지 못하는 사이에 사태는 종국으로 접어들고 있다.

그렇지만 그것은 언제, 어떤 형태로?

거기까지 이야기를 하고서, 스승님은 다시 소파에 기대었다. 공방에 도착하기 전까지의 결론을 다 말했기 때문일까. 지금의 말은 결코 스승님이 기력을 되찾아서 나온 것이 아니라 미처 토해내지 못한 이물질을 그 자리에 뱉어냈을 뿐, 그런 식으로 느껴졌다.

슬프지는 않았지만 끝내 차가운 기분만은 남았다.

기도하고 싶었다.

이 사람은, 이렇게나 싸워왔으니까.

마술사니까, 보통 사람이 말하는 의미로는 신을 믿지 않을지도 모르겠지만 하나 정도 무언가 기적이 일어나도 되지 않나. 그래, 선한 기적이 일어나도.

무언가, 기도의 문구를 떠올리려던 나는 뒤돌아보았다.

노크 소리가 들려온 것이다.

느릿느릿 그쪽을 본 스승님은 손님을 거절하지도 않았다.

"괜찮은가, 엘멜로이 2세."

나타난 것은 난처한 듯이 눈썹을 모은 샤르댕 옹이었다.

"……무슨 일이십니까, 샤르댕 옹."

"아니 그게, 아까 창문으로 자네의 입실제자가 방에 있는 게 보여서 말일세."

고개를 숙인 노인은 사교적인 웃음을 지었다.

"그래, 그게 말일세. 일단 공사는 순조롭게 진행되고 있어.

자네가 지시한 대로 널리지 경에게 원조를 부탁했더니 흔쾌하게 수락해주더군. 부서진 구 학사도 줄곧 쓰지 않던 건물이니 말이야. ……지하에 관해서는 남의 이목에 띄지 않게 결계를 치면서 신용할 만한 인물더러 막게 했네. 이렇게 말해도 지금 보기로는 단순한 땅바닥이네만."

"배려, 감사합니다."

머리를 숙인 스승님의, 말의 내용만은 평소와 같지만 억양이 없는 점 또한 조금 전과 다를 게 없었다.

그런데도 줄곧 내면에 팽팽하던 무언가는 약간 누그러져 있었다.

천천히 스승님의 얼굴을 바라보며.

"……잘된 일이야."

그렇게 말을 한 것은 샤르댕 옹 쪽이었다.

"어떤 것, 말씀이지요?"

"자네의 입실제자를, 자네가 들여보내 준 것 말이네. 그렇지 않으면 나도 이렇게 들르지는 못했겠지. ……맞아, 실제로 나는 이 방에는 이제 아무도 들어가지 못하는 게 아닐까 싶었네. 그렇지만 그녀만은 자네가 거절하지 않았지. 그런 관계를 자네가 길러낸 것을 나는 감사한다네."

"……그런."

내가 그런 거창한 존재라고는 도저히 생각할 수 없다.

그렇지만 노강사의 부드러운 말은 얹힌 것이 쑥 내려가는 것만 같았다. 부드럽게 녹아들어 울고 싶어질 것 같다.

왜냐하면, 그것도 분명히 스승님이 지금까지 길러온 관계에서 비롯했을 테니까.

"……그래, 그래."

몇 번쯤 끄덕이다가.

"그러니 이것도 건네줌세."

샤르댕 옹이 책상에 튼튼하게 만들어진 털레스 백을 놓았다.

일부러 느린 동작으로 그 내부에서 지극히 얇은 봉투를 꺼냈다.

"오늘 아침, 이것이 자네 앞으로 와 있었어."

"편지?"

느릿느릿 시선을 움직인 스승님을 따라 나도 고개를 돌리자 봉랍이 찍힌 뒷면에 이름이 적혀 있었다.

앗 하고 소리를 낼 뻔했다.

"……아트람 갈리아스타."

스승님 대신에 제5차 성배전쟁에 참가하고 이미 패배하여 숨졌을, 마술사의 이름이었다.

＊

"스승님……."

샤르댕 옹이 방을 떠난 뒤, 나는 스승님의 요구대로 편지를 뜯었다.

내용물은 은빛 원반이었다.

콤팩트 디스크
기록매체라는 것쯤은 나라도 당연히 알 수 있다.

"컴퓨터 바이러스는 걸려 있지 않은 것 같은데."

집무실의 노트북 컴퓨터를 사용하여 스승님이 내용을 확인한다. 가끔 다른 학과의 사무원 등이 보면 눈살을 찌푸리기에 선반 안에 넣어둔 물건이었다.

"……이름을 위장해서 무언가 함정이 있지는 않을까요."

무심코 시답잖은 말을 하고 말았다.

왜냐면 이런 타이밍에 아트람의 이름이 나오는 것은 너무나 의외이기 그지없다. 시계탑에 몇 겹이고 깔린 함정을 의심하는 것은 어쩔 수 없다고 본다.

스승님이 얼굴을 찌푸리고 대답했다.

"나도 딱히 컴퓨터 전문가는 아니야. 아까 바이러스 체크도 최저한의 안티바이러스 소프트웨어를 돌렸을 뿐이지. 일정 이상 교묘한 수작이라면 나로선 감히 알 수 없다네."

"PC에 저주를 거는 식의 마술은 없는 건가요?"

"일부 현대마술에서는 연구 중인 모양이다만. 내가 알기로는 완성이라는 수준과 멀어. 뭐, 아트람은 별난 마술이나 예장을 수집하는 것을 좋아했으니 그런 방면에도 손을 댔을 수도 있지."

잠시 고민하다가 과감하게 클릭하자 화면에 확 사람의 모습이 떴다.

나도 면식이 있는 갈색 피부의 청년이었다.

"비디오레터라니."

스승님이 신음했다.

당연히 아트람 갈리아스타였다.

그 쌍모탑 이젤마에서 스승님과 플랫 일행과 싸우고, 며칠 전 극동의 땅의 성배전쟁에서 패배해 죽었을 마술사.

설마 그 얼굴과 디지털 화면으로 다시 마주 보게 될 줄이야.

『이봐, 이거 이제 찍히고 있나.』

화면 안쪽에서 우리 쪽을 손가락질하며 아트람이 말했다.

그 목소리에도 나는 깜짝 놀라고 말았다.

무심코 스승님의 옷소매를 잡고 말았는데 손등을 부드럽게 어루만져 주었다.

마지막에 만나서 말을 나눈 건 1개월 전이었을까. 하나부터 열까지 변함없이 화면 안의 아트람은 자조하듯 웃으며 어깨를 으쓱였다.

깍지를 끼고 자세를 잡은 그가 말했다.

『흠. 그러면 좋아. ……자, 네가 이것을 보고 있다는 말은, 아쉽게도 나는 제5차 성배전쟁에서 패배했다는 뜻이지. 하하하, 꼴 좀 보라지. 로드 엘멜로이의 전철은 밟지 않겠다고 말해놓고 패퇴하다니.』

이런 비디오레터를 촬영했다는 말은 아직 패배는 결정되지 않았을 무렵이리라. 그런데도 자조의 어조에는 결코 무시할 수 없는 진실미가 서려 있었다. 그렇다는 말은, 아트람 나름대로 성배전쟁에 관해서 생각하는 바가 있었던 것일까. ……예를 들어, 자신의 패배를 예감할 만한.

어쨌든 간에 화면 속의 아트람은 우리 쪽을 응시하며 말을 이었다.

『아아, 물론 끝까지 최선을 다하다마다. 여하튼 투자한 액수가 달라. 그래, 네가 말했었지. 성배전쟁을 얕보지 않는 편이 좋다고. 나도 그 의미를 이해했고, 패착을 만회할 준비도 했어. 지금부터는 더욱 면밀하게 대비를 하고 착수할 생각이고말고. ……그러나 다소 상황이 어려워진 것은 확실해. 우선 그 신뢰하지 못할 서번트와의 계약을…….』

마뜩잖은 표정으로 한 차례 헛기침했다.

『쓸데없는 소리를 했군.』

심히 탐탁잖게 입술을 뒤틀었다.

『어쨌든 간에 내가 패배했을 경우, 이 편지를 포함한 많은 소식이 필요한 상대에게 가게 되어 있어. 이것은 당연한 의무야. 불상사를 일으켰을 경우, 설령 자신의 사후일지라도 똑바로 뒤처리하는 것도 귀족의 의무니까.』

왠지 모르게 그 논리는 이해되었다.

결코 칭찬받을 인격은 아니었지만 아트람 갈리아스타라는 인물의 정신성은 마술사로서, 또 귀족으로서 완성되어 있었다. 당연한 의무라는 말에는 아무 거짓도 없었다. 진심으로 그리 생각하고 있기에 이와 같은 비디오레터도 준비한다. 그가 보자면 해두지 않는 편이 이상한 사항일 것이다.

거기서 아트람은 한 박자 띄웠다.

우리 쪽을 뭐라고 표현 못할 표정으로 바라보며 말을 이었다.

『그 이젤마에서 붙었던 너와의 싸움은 그럭저럭 즐거웠지. 이것도 귀족으로서 당연히 감사를 표해야 할 거야.』

그렇게 말하고 옆으로 시선을 보냈다.

『받아줬으면 좋겠군. 최소한의 성의 표시다. 다른 군주^{로드}라면 몰라도 세계에서 가장 밑바닥 군주^{로드}인 너에게라면 조금쯤은 보탬이 되겠지.』

화면 안에서 시종 같은 여자가 내민 것은 조금 전 우리가 이 기록매체^{콤팩트 디스크}를 꺼낸 봉투였다.

『그래그래. 만에 하나, 내가 승리했는데 이 편지가 네 손에 넘어갔을 때는 각오하도록. 전심전력으로 소멸시키겠어.』

마지막 허세가, 너무나도 그다웠다.

뚝 끊어진 영상 앞에서 나도 스승님도 경직되어 있었다.

아트람의 대사 때문이 아니다. 아니, 물론 그 이유도 있지만 마지막에 비쳤던 행동 때문이다.

스승님이 다시 한번 봉투를 꺼내어 꼼꼼히 관찰했다.

"『강화』의 요령으로 마력을 주입할 뿐인가?"

그렇게 말하고 마력을 주입하자 아니나 다를까 뒷면에 글자가 떠올랐다.

"……이건?"

"……"

스승님도 바로는 대답하지 못했다.

이윽고, 신음하듯이.

"성배전쟁에서는 쓸 여지가 없다고 생각한 거겠지. 확실히 그래. 성배전쟁에서는 쓸 여지가 없어. 그런데……"

거기서 순간 말이 끊겼다.

"……그런데, 왜, 나에게, 이런 것을?"

공허한 목소리 밑바닥에 무언가가 출렁이고 있었다.

방금까지의 스승님에게서는 상실되어 있던 것이었다.

그 정체가 드러나기보다 먼저 다시 한번 방에 노크 소리가 울렸다.

"샤르댕 옹."

미안하다는 듯이 노인이 고개를 숙이고 있었다.

"나일세. 그게. 그런 말을 해놓고 뭐하네만 또 손님이 왔다네. 다른 사람이라면 우리 쪽에서 받겠는데, 상대방이 자네 말고는 상대 못 하겠다고 그래서 말이야……"

"뭐 하고 계시지요?"

방울소리 같다는 말은 진부한 비유지만, 그야말로 이런 목소리일 것이다.

푸른 드레스를 몸에 두르고 황금 그 자체를 빗어 내린 것만 같은 긴 머리카락을 누른 소녀.

루비아젤리타 에델펠트는 조금 전의 아트람보다 곱절은 더 오만한 눈매로 우리를 응시하고 있었다.

＊

"……놀랐다네."

스승님은 티컵을 들고 말했다.

루비아가 당연하다는 양 자신의 종복에게 홍차를 준비시킨 것이었다.

크라운이라는 이름의, 모히칸 머리의 제2종복이 탄 것이다. 그를 보는 것도 꽤 오랜만이었다. 루비아가 가져오도록 한 찻잎은 과연 진한 향을 보아도 격이 달라 눈이 확 뜨이는 것 같았다.

나도 같은 홍차를 얻어 마시고 있다.

스승님과 같은 소파에서, 옆에 앉게 해준 것이다. 물론 루비아와 스승님── 마주 보는 두 사람을 보며 쭈뼛거릴 뿐이다. 샤르댕 옹도 루비아를 안내하자마자 바쁜 티를 내며 자취를 감추고 말았으므로 도움의 손길은 머나먼 저편에 있다.

천천히 티컵을 기울여 한 모금 마신 뒤에 스승님이 말을 이었다.

"최근 한동안 청강하러 오지도 않은 줄 알았는데, 꽤 갑작스럽군."

"네, 한때라면 몰라도 몇 년짜리 주소를 옮기려 생각하면 이것저것 준비를 해야만 하니까요."

아까 아트람과 어딘지 비슷한 말이었다.

남의 위에 서는 자이기에, 온갖 일에 준비를 해두는 것이 당연. 그들은 그리 생각하고 있다. 설령 자신이 죽은 뒤의 일이라도 빈틈이 있어서는 안 된다고.

그것은 일반적인 마술사와는 다소 다른 사고방식일지도 모르지만, 그들의 심지에까지 찌든 신념임은 확실했다.

본인도 홍차를 마시면서 루비아가 말했다.

"널리지 기숙사에 방을 빌릴 생각인데, 그 시찰하러 왔지요. 일단 최상층을 전부 빌릴까 해요."

그것은 방을 빌리는 것과는 꽤 취지가 다른 것이 아닌가, 하고 끼어들 뻔했지만, 아슬아슬한 순간에 참았다.

꽤 오랜만에 그녀의 그런 발언을 들은 느낌이었다.

루비아가 창밖으로 시선을 쓱 돌렸다.

"소란스러워졌네요."

그렇게 말했다.

물론 슬러에 일어난 사건에 관해서는 이미 어느 정도 조사를 마쳤을 것이다. 미주알고주알 우리에게 묻지는 않으며, 그저 용건만을 하나하나 열거한다.

예를 들면, 이런 식으로.

"관위결의에 관해서는 제 귀에도 들어왔습니다."

순간, 스승님의 반응이 늦어졌다.

"……과연 에델펠트로군."

"별명 쪽으로 부르고 싶어진 것이 아닌가요? 지상에서 가장 우아한 사냥꾼이라고."

"상상에 맡기겠네."

쓴웃음이 섞인 스승님의 대꾸에 만족했는지 루비아는 어딘지 께느른하게, 시 한 구절이라도 흥얼거리듯이 말했다.

"물론 에델펠트는 당당한 명문입니다만, 시계탑의 귀족들과는 거의 관계가 없지요. 민주주의에 속해 있기는 해도 누구에게 무엇을 강제받는 것도 아니에요. 마술협회가 뿌려대는 계위도 썩 중요하다 여기진 않습니다만, 그 회의가 마술세계를 좌우하는 것은 분명할 테지요."

그녀의 말은 내 가슴에 강한 인상을 주었다.

지금 그것은 시계탑만이 마술의 세계가 아니라는 소리를 들은 것 같아서, 몹시 뜻밖인 기분이 들었기 때문이다.

"다만 이번에 관해서는 조금 수상한 점이 있더군요."

소녀가 덧붙였다.

홍차 수면에서 피어오르는 김이 긴 속눈썹을 그윽하게 가린다.

"수상한 점? 무슨 소리인가."

"그야 그렇지요. 관위결의를 민주주의 쪽에서 제안하다
니 도리에 맞지 않잖아요. 왜냐하면 관위결의에 관해서는
시계탑의 민주주의파는 결정타가 부족하니까…… 그렇지
않나요?"

당연한 사항을 확인한다는 어조로 소녀가 물었다.

그러자.

"……그 말이 맞다네."

스승님이 마지못해 인정했다.

두 사람을 번갈아 쳐다보다가 나는 눈을 크게 떴다.

확실히, 이 소녀에게는 여왕의 기질이 있다고 생각했었
다. 뛰어난 마술사들 중에서도 역시 특별한 소수의 사람만
이 가진, 지배자의 자질.

그러나 관위결의의 사정에도 속속들이 알 줄이야.

"……저, 그 말씀은 무슨 뜻인가요? 관위결의라면 민주
주의 쪽에 결정타가 부족하다?"

내가 쭈뼛쭈뼛 질문하자 루비아는 순간 눈동자를 움직였
다가, 스승님을 향해서 우아하게 끄덕였다. 아마 '상관없으
니 가르쳐주도록 하세요' 라는 의미일까.

그 반응을 받아서 그런지 스승님이 천천히 말을 꺼냈다.

"우선 전제로, 관위결의에서는 귀족주의가 전력을 다하

겠다고 결정했을 경우, 민주주의 단독으로는 상대가 되지 못해."

"그, 런가요?"

뜻밖의 말에 눈을 깜빡이고 말았다.

왜냐면 그 둘이 팽팽히 대항하고 있기에 시계탑에는 다양한 음모가 펼쳐지고 있는 것이 아니었던가?

"오해하지 말아 주게. 민주주의파가 귀족주의보다 크게 떨어지는 것이 아니야. 금융이나 보도 등, 표면의 권력 쟁탈전이라면 어떻게 보아 민주주의파는 귀족주의를 웃돌아. 하지만 예로부터 시계탑을 지탱해온 열두 가문만이 표를 가진 관위결의_{그 랜 드 롤}에서는 성질상 귀족주의가 유리하다는 것뿐이야."

성질의 차이.

민주주의가, 신세대_{뉴 에 이 지}의 마술사도 흡수하여 더욱 앞길로 이르고자 하는 것은 로드 트란벨리오의 이야기로도 알 수 있었다.

반대로 말하면 신흥 세력인 이상, 전통적인 관위결의_{그 랜 드 롤}에서는 한 발짝 뒤떨어진다는 뜻인가.

"예를 들면, 귀족주의 톱인 바르토멜로이가 움직이면 사실상 그들의 꼭두각시인 동물과_{키 메 라}의 가이우스링크도 움직이지. 나아가 같은 귀족주의인 식물과_{유 미 나}의 아셸로트도 말이야."

스승님이 그다지 귀에 익지 않은 이름을 나열했다.

가이우스링크와 아셸로트.

런던의 시계탑 본부에서는 몇 번쯤 들은 적이 있기는 한데, 내 의식에는 제대로 떠오르지 않았다. 그것도 엘멜로이나 바르토멜로이와 비슷한 열두 가문의 이름이었던가.

"이상에, 강령과(유리피스)와 천체과(아니무스피어)를 더해서, 귀족주의의 표는 다섯 개. 일단 귀족주의에 들어가는 엘멜로이파(우리)를 더하면 여섯 개지. 실로 열두 가문의 절반이 귀족주의인 거야. 반면에 분명하게 민주주의라고 할 수 있는 것은 전체기초의 트란벨리오와 창조과의 밸류엘레타뿐. 보게, 전면전쟁이 나면 질 이유가 없어."

"……정말이네요."

6대2.

어쩐지, 지금까지 생각에 골몰해 있던 것이 바보처럼 느껴진다.

"단."

스승님이 말을 덧붙였다.

"단, 문제는 그렇게까지 간단해지지 않아. 귀족주의라고 해도—— 혹은 오랜 역사를 가진 귀족주의라서 더욱 하나로 뭉친 게 아니기 때문이야."

홍차를 들고 강좌가 이어진다.

"특히 아셸로트는 이 전형적인 예인데 말이지. 귀족주의이기는 하지만 미디어에 강하게 경도되어 선대까지는 군수산업에도 손을 대고 있었어. 요컨대 참가하는 인원을 늘리면 누가 배신할지 모른다는 것이 귀족주의의 가장 큰 약점이야."

"……그런, 식인가요."

민주주의도 반드시 트란벨리오와 밸류엘레타가 일치단결하던 것처럼은 보이지 않았지만 귀족주의는 그보다 더하다는 뜻일까.

"또, 바르토멜로이도 이때다 싶을 때 말고는 움직이지 않아. 움직이면 그것만으로도 시계탑에 주는 영향이 심대해지기 때문이지. 더해서 원래 권위가 절대적인 만큼 움직이면 질 수 없어. 그만한 권위가 있는데 진다면 즉시 만만하게 보기 십상인 말단부터 물어뜯기기 때문이야. 바르토멜로이의 본가나 직속 분가는 그 정도로는 까닥도 하지 않겠지만, 거체인 만큼 말단에 주는 영향은 피하기 힘들어.

여기에, 유동적인 중립주의파를 더하면 귀족주의파는 절대적이지만 필승할 수 있는 태세는 아니다…… 라는 시계탑의 현재 상황이 되는 것이지."

"절대적이지만, 필승할 수 있는 것은 아니다……."

과연, 그렇게 정리하니 간신히 정경이 떠오른다.

뭉치면 무적인 귀족주의지만, 애초에 뭉칠 수 있을지는 그 상황 나름이라는 뜻이다.

"그러니까, 대개의 관위결의에서 바르토멜로이는 직접 개입하는 것을 바라지 않아. 아랫것들이 알아서 투덕거리고 있을 뿐, 이라는 태도와 입장을 고수하는 거지. 이러면 아무리 이기든 지든 바르토멜로이의 위신이 무너질 일은 없으니 말이야."

"그런 것이겠지요."

루비아도 수긍했다.

나는 설명을 받아들이느라 벅찬 판국인데 이 두 사람이 보자면 전제 중의 전제라는 듯하다. 어쩐지 명인 사이의 체스 해설을 듣는 기분이지만 필시 그들에게는 체스 말을 움직이는 법 정도의 초보적인 내용일 것이다.

제2종복인 크라운이 내놓았던 과자를 하나 집어 그 맛을 잠시 즐긴 뒤에.

"그러니까 민주주의인 트란벨리오가 이 관위결의^{그 랜 드 롤}를 준비했다면, 무언가 속셈이 있다. 그런 이야기를 들으려고 온 거였는데요."

루비아가 시선을 올렸다.

지도자와 학생 관계라기보다^{튜 터} 이 또한 대등한 마술사 간의 교류일 것이다. 예를 들어 엘멜로이 교실에 입실할 것을 결심했다고는 해도── 아니, 오히려 그렇기 때문에 그녀는 항상 스승님을 품평하는 듯한 태도였다.

"게다가 당신에게는 또 한 가지 사정이 있잖아요?"

"무슨 이야기지?"

눈썹을 찌푸린 스승님을 바라보며 루비아는 짐짓 느릿하게 말을 꺼냈다.

"성배전쟁이 시작되면, 1개월 넘게 걸리진 않지요."

"자네도 그런 소리를."

소문 가지고 속을 떠보는 건 탐탁지 않다는 양 일단 나무라려던 스승님이 다음 한마디에 침묵했다.

"에델펠트도 제3차 성배전쟁에는 참가했었으니까요."

"……윽!"

설마 이 소녀의 입에서 그런 발언이 나올 줄이야.

제3차 성배전쟁.

스승님이 참가했다는 제4차 성배전쟁보다 한 시기 전의 싸움. 그렇다면 참가했던 것은 그녀의 조모 대일까.

마주 보는 스승님의 시선을 루비아는 우아 그 자체의 미소로 받았다.

"어머, 알지 못하셨던가요?"

"……자네에 관해 어느 정도 조사했다 생각은 했지만."

스승님의 말에 루비아가 살짝 끄덕였다.

"그러네요. 의외로 시계탑 쪽에서는 알기 어려울지도 모르겠어요. 에델펠트는 제3차 성배전쟁에서 끝까지 이기지 못한 것을 불명예스럽게 여겨 표면화하지 않게 했으니까요. 네, 그 밖에도 다소의 불상사가 있었고요."

새치름한 표정으로 말했다.

루비아가 얼마나 강대한 마술사인지는 이전 사건으로 사무치게 알았다. 그렇다면 그녀의 선조도 마찬가지이리라.

그런 에델펠트 가문이라도 승리하지 못했다는 것만으로도 성배전쟁의 두려움 한 자락이 엿보인 느낌도 들었다.

그녀는 조용히 스승님을 응시하고 있었다.

'……혹시.'

혹시, 하고 생각했다.

처음 그녀와 만났을 때부터 스승님을 대하는 태도가 묘하게 박했다. 철석같이 그런 기질이겠거니 생각했지만 어쩌면 그것은 과거의 성배전쟁에서 패배한 자의 자손이, 최신의 성배전쟁에서 살아남은 인간에게 품은 복잡한 감정 때문이지 않았을까.

조금 즐겁게 루비아는 눈을 감았다.

"에델펠트는 특수한 방법을 사용해 둘이서 참가했습니다만 끝내 한쪽이 돌아오지 못했습니다. 하지만 당신은 홀로 참가하고 무사히 돌아왔지요. 네, 저의 지도자^{튜터}라면 과거의 제 가문이 하지 못한 일을 이루어낸다. 그 정도는 해야지요."

"지도자^{튜터} 소리는 포기하지 않았었나."

"여태까지 무언가를 포기한 적은 없었기에 포기하는 방법을 모르겠네요."

진심인지 허세인지도 모를 말을 입에 담으면서 루비아는 가까운 가방을 끌어당겼다.

안에서 쏙 작은 상자를 내밀었다.

세련된, 보석으로 치장된 상자였다. 모종의 마력이 작용하고 있는지 보석 하나하나가 기이한 빛을 간직하고 있다. 단순한 고급품이 아닌 것만은 내 눈에도 명백했다.

"이것은 수업료로 여겨 주시어요."

"현대마술과에서는 강사 개인 상대의 수업료는 되도록 받지 않게 하고 있네만."

"이번에는 예외가 될걸요. 보세요."

루비아의 재촉에 한순간 망설이다가 스승님은 상자를 열었다.

"……윽?!"

그리고 뻣뻣이 굳었다가 크게 눈을 부라렸다.

"자네는, 왜 이런……."

"저는 루비아젤리타 에델펠트랍니다. 사정은 이거면 충분하잖아요. 어떻게 쓰실지는 맡기겠습니다. 물론 지도자(튜터)로서의 당신에게도 기대하고 있습니다."

경쾌하게 루비아가 일어섰다.

"당신은 이전, 에델펠트의 보석 마술의 본질은 가치를 자랑하는 것이 아니라 가치를 유통시키는 것이라고 말씀하셨지요."

그 박리성 아드라에서 스승님이 조언했던 것.

'제 지도자(튜터)가 되도록 해요'라고 그녀가 말한 계기.

지금 루비아는 분명히 이렇게 고했다.

"그 말이 맞아요. 이 수업료로, 저는 가치를 유통시켰습니다. 가치를 받아들인 당신의 답이 어떻게 될지 가늠해보겠습니다."

조용히 떠나간다.

돌아보지는 않았다. 처음부터 자신이 할 일은 결정되어 있으며, 그것이 끝났으니 이제 용무가 없다는—— 자신의 시간을 자신보다 중요한 것에게 이미 바쳤다는, 귀족의 행동거지.

시계탑에서 보자면 에델펠트는 방계에 위치할 텐데, 그런 그녀의 쪽이 더욱 귀족다운 정신성에 이른 것은 어떻게 보아 얄궂게도 느껴졌다.

루비아에 이어서 종복인 크라운이 묵례하고 퇴출한 뒤, 나와 스승님만이 방에 남겨졌다.

"……스승님."

"……."

스승님은 손에 든 보석 상자를 테이블에 놓고 아직도 뻣뻣한 채였다.

소파에 앉은 채로 오래도록 상자를 바라보다가 이번에는 아트람의 봉투를 꺼냈다. 상자 옆에 놓인 봉투를 스승님은 잠시 응시하고 있었다.

이윽고 쉰 목소리가 테이블을 스쳤다.

"나, 는."

툭툭, 빗방울이 떨어지듯이 말하기 시작했다.

"나는, 하트리스를, 말릴 생각이, 들지 않았어. 내 비원은, 어찌 할 도리 없이 그와 겹쳐서, 그것이 내가 바란 형태 그 자체가 아니라 해도, 사력을 다해서 말릴 만한 이유를 도저히 찾아낼 수 없었어."

한 구절씩, 확인하듯이 스승님의 말이 이어졌다.

분명, 그것이야말로 하트리스의 노림수다. 적을 때려눕히는 것이 아니라, 적이 아니게 해버린다. 동양의 손자에 비슷한 한 구절이 있었던가.

틀림없이 그 책략은 스승님을 옭아매고 있었다.

라이네스와 학생들이 무사한 것을 확인한 뒤, 방에 틀어박힌 스승님은 바로 그 결과였다.

"그런데, 이렇군."

보석상자와 봉투를 내려다보며 스승님이 말했다.

결코 기사회생의 한 수를 기뻐하는 눈매가 아니다. 오히려 목덜미에 들이댄 칼끝이나 저승사자의 모습에 겁내는 눈빛이었다.

"과거의, 성배전쟁에서도 그랬지."

쉰 목소리를 다시 짜낸다.

"나는, 단순한 행운으로, 최악의 행운만으로 그 싸움에서 살아남고 말았어. 살아남고 싶지도 않았는데."

손가락이, 벌어진다.

당연하지만 그 손아귀에는 아무것도 없다. 과거의 싸움에서 눈에 비치는 것은 스승님에게는 아무것도 남지 않은 것처럼.

"──살아남고 싶지, 않았다?"

내 질문에 메마른 입술이 어색하게 움직였다.

"명령받았거든."

당장에라도 울어버릴 듯한 표정으로 스승님이 말했다.

"나의 왕이 명령했어. ──살아라, 하고. 그래, 그래서 나는 그렇게 했어! 얼마나 꼴사납든 얼마나 비참하든 간에 필사적으로 살려고 버둥댔어! 세계를 돌아다니며! 이 시계탑까지 돌아와서! 그래, 그래! 그런 그릇이 아니라고 알고 있음에도 엘멜로이 교실을 사들이고! 군주^{로 드}라는 분수에 넘치는 사슬에 묶여도!"

외침은 집무실을 찌릿찌릿 울렸다.

그다지 큰 소리는 아니었다. 다만 음성에 담긴 감정이 그런 식으로 착각하게 할 만큼 농후하고 절실했다.

통곡, 이라고 해도 무방하리라.

10년 동안, 스승님을 줄곧 괴롭히던 갈등의 소용돌이. 10년을 거쳐 마침내 스승님이라는 산 제물을 사로잡은 악마의 손길.

"지금, 또다시, 한낱 행운 때문에 선택지를 받고 말았어."

"……."

정말로, 한낱 행운인 것일까.

그것만 가지고 스승님은 여기까지 오고 말았단 말인가.

"일어서야 해……."

허덕대듯이 스승님이 말했다.

얼굴을 구깃구깃 구기고 입술을 타원으로 뒤틀며 힘껏 자기 자신을 독려하듯이.

"일어서야 하니까 일어서야만 해. 맞아, 분명히 그래. 지금까지 그래왔으니까 분명히 나는 그래야 해. 누구나 그러라고 기대하고 있으니 기대를 받게 처신했으니 그래야 마땅해."

여태까지 스승님은 많은 마술사로부터 평가받아왔다.

생각하기에 따라서는 혜택받았다고도 할 수 있으리라. 스승님 이상으로 뛰어난 마술사들로부터 신뢰를 받으며, 혹은 적대시 받으며, 마술세계에 이름 있는 지위를 쌓아왔으니까.

하지만.

'——하지만 대체 누가 그것을 바랐지?'

한 번이나마 이 사람은 로드 엘멜로이 2세이기를 바랐던 것일까. 한 번이나 이 사람은 시계탑의 권력을 잡기를 소망했을까. 확실히 원인을 짚으면 속죄일지도 모른다. 엘멜로이 교실을 물려받은 것도 제4차 성배전쟁에서 저지른 죄로부터 흘러간 결과일지도 모른다.

그렇지만 지금 이렇게 스승님이 모든 고뇌와 갈등을 밀어 넣은 채로 일어서야만 한다는 것은 무언가가 다르지 않은가.

찰싹, 하고 소리가 났다.

……아아.

내가—— 내 손이, 스승님의 얼굴에 세게 맞닿은 소리.

"그래야 하니까 그런다는 게, 아니라고 생각합니다."

깜짝 놀란 표정으로 스승님이 나를 내려다보고 있었다. 스승님의 뺨을 때리다니 도저히 할 수 없었지만 그래도 조금 정도의 아픔은 있었을까. 절박한 바람에 힘 조절을 못한 것 같기도 하다. 지금도 얼굴도 손도 뜨거워져서 어떤 상태인지 모르겠다.

어째서일까.

너무나도 이기적이라고는 생각하지만 어째선지 울고 싶어져서.

"아니라고…… 아니라고 생각해요."

어떤 식으로 말을 이으면 되지.

멋대로 움직여버린 몸에, 열려버린 입에, 의미를 뒤늦게야 달려는 무익한 행위. 그렇지만 하고 싶은 말은 있다. 예를 들면 그것이 자신의 이기심이라도 해도 지금 여기서 스승님에게 전하고 싶은 말이.

아마 그렇기 때문에, 이 집무실의 문을 두드린 것이었다.

"그건, 저."

망연히, 스승님이 나를 바라보고 있다.

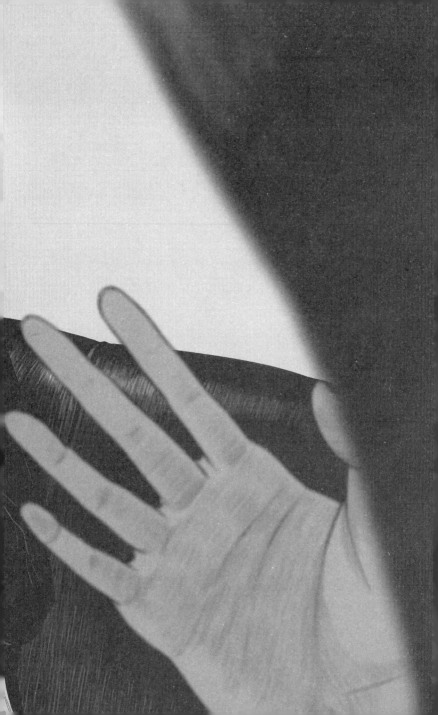

그럴 거라 생각한다. 멋대로 화내며 스승님께 손찌검하고, 그런데 입에서 나오는 소리는 정상적인 말도 되지 못해서.

뺨이 뜨겁다.

아마 울고 있겠지. 한심하다. 어디 파묻히고 싶다. 이렇게나 답이 없는 나 자신을 지금 당장 때리고 싶다.

그렇지만, 하다못해.

"잘은 모르겠지만요……. 아아, 그냥, 그냥 다 뒤죽박죽이에요……! 스승님은 정말로 벽창호에다 잠꾸러기에, 항상 게임만 하고서, 사건에선 금세 죽을 것 같은 곳에만 쳐들어가고, 마술이 어떠니 마니 말하고는 약한 주제에 금방 다른 마술사에게 시비나 걸지!"

"아니, 그게, 레이디……."

곤혹한 스승님의 목소리도 멀게 들린다.

가뜩이나 모자란 내 머리는 좌우지간 말을 끄집어내는 것만으로도 한계다. 단지 그것만으로도 타버릴 것만 같다. 하고 싶은 말은 억만인데, 한 조각도 결정화되지 않는다.

"그렇지만……."

필사적으로 호소했다.

"그렇지만 소제는…… 스승님이 행운만 가지고…… 한낱 행운만으로, 무언가를 얻었다고는 절대 생각하지 않아요."

아아, 어째서 혀가 꼬이는 거람.

"……아트람 씨도 루비아 씨도…… 스승님이기 때문에

넘겼을 거예요. 지금까지 겪은 만남이 있어서…… 주고받은 시간이 있어서, 스승님과 그 사람들이기에 가능한 무언가가 있었으니까 맡겨야 할 것은 맡겼을 거예요. ……그것을 행운이라는 말로 치부해도 될 리가 없어요."

나 따위가 해도 될 말이 아니었다.

스승님과 나의 인연일랑 아직 1년도 채 안 된다. 그 고향에서 만나 런던에서 입실제자로서 마중받고, 몇 가지 사건에서 곁에 있게 해준, 단지 그뿐.

그런데 이렇게 아는 척하는 말이 교만이 아니라면 뭐겠나. 입실제자라며 시계탑의 형편상 매겼을 뿐인 자리에 응석 부리는 것은 내가 아닌가.

그렇게 생각은 하면서도 멈출 수 없었다.

"소제, 는."

지금 말이 필요하다.

이 사람에게 전해질 말이, 전할 말이 필요하다.

"소제는, 스승님이, 웃고 계셨으면, 좋겠어요."

무서워서 견딜 수 없었다.

아아, 그야말로 망령과 만났을 때처럼 진심으로 두렵기 그지없다. 스승님의 답을 듣는 것이 나는 두렵다. 여기서 사라지라는, 당연한 욕설을 퍼부을 게 무섭고 무섭고 무섭고 무서워서 사라져버릴 것만 같다.

"……."

대답은 없었다.

위장 속에다 얼음을 들이부은 것 같았다. 목구멍부터 손발까지 싸늘해지고 시야는 캄캄하게 빛을 잃는다. 나에게는 이제 고개를 들 용기도 없다. 마음대로 떠들어댄 책임을 져야만 하는데 받아들일 만한 기개가 없다. 그렇다고 해서 이 자리에서 도망쳐버릴 만큼 자포자기할 수도 없다.

스승님은 늘 이런 불안함과 싸우고 있던 것일까.

"……흡!"

흠칫, 떨었다.

내 어깨에 스승님의 손이 닿은 것이다.

아직 가냘프고 희미하게 떨고 있었지만 그 가는 손가락에는 확고한 힘과 온기가 서려 있었다.

"……자네 말이 맞네, 레이디."

"스승님?"

뿌예진 시야에서 스승님은 무슨 말을 중얼거리고 있었다.

무언가를 확인하는 듯한. 입구 부분에서 막혔던 계산을 새삼 다시 보는 듯한 몸짓.

"나 원, 미숙하군. 하나도 변한 게 없어."

야윈 얼굴이 살짝 쓰게 웃은, 것처럼 보였다.

"그렇고말고. 잊고 있었어. 그렇게나 결심을 했었는데."

한심하다는 표정으로 소파에 다시 앉아 복부를 매만졌다.

거기서 꼬르륵 하고 얼빠진 소리가 난 것이다.

"······미안하지만 배달이라도 좋으니 무언가 요리를 준비해줄 수 없겠나. 이래서는 도저히 일어나질 못하겠군."

"어, 저기."

"꼬박 하루 동안 아무것도 먹지 못한 걸 깜빡했었어."

그렇게 말하고 스승님은 다시 한번 웃었다.

"이히히히히히! 정상적으로 머리를 회전시켜서 처음에 하는 말이 그거인 걸 보니 여전히 맹한 구석이 있구만, 장식품 군주^{로드}!"

"장식품은 붙일 필요 없어. 내가 제일 잘 알고 있다."

"히히히! 이거 실례!"

오른쪽 어깨의 고정구^{hook}로부터 나온 애드의 목소리가 그만 눈물지을 만큼 기뻤다.

"바로 뭔가 만들어오겠습니다!"

나는 눈꼬리를 훔치고 빙글 뒤돌아서 잔달음질로 복도로 나갔다. 심장이 두근두근 뛰어서 시끄러웠다. 조금 전까지의 행동이 너무나 민망해서, 귀까지 뜨거워졌지만 그래도 기뻤다.

그러니까 그 음성에 밴 감정을 미처 듣지 못한 것이다.

"······잘됐네, 굼벵이 그레이."

드물게 위로하는 듯한 말에, 그것 말고 다른 그늘이 숨어 있음을.

4

"──오라버니?!"

문을 열자마자 라이네스가 희한한 목소리를 터트렸다.

슬러의, 그녀가 개인적으로 쓰는 방이었다.

스승님의 집무실과 별도로 방이 설치된 것은 슬러에 몇 없는 사치라고 여기지만 이번에는 그런 걸 따질 때가 아니었으리라.

책상에 대량으로 놓인 서류를 쳐다보며 스승님이 말했다.

"관위결의를 앞두고 조사를 하고 있었나."

"뭐, 물론이지."

놀람이 식지 않은 표정으로 라이네스가 두 번쯤 끄덕였다.

그녀만은 그 하트리스의 공방에서 무슨 일이 있었는지 들었으니까 당연할 것이다. 청천벽력이 따로 없다. 이렇게 스승님을 따라온 나로서도 사태 변화가 기쁘지만 아직 따라잡지 못했다.

그러나 스승님은 갓 만든 샌드위치를 베어 물면서 무뚝뚝한 표정으로 말했다.

"한 가지, 같이 고민해주었으면 하는 사항이 있다."

"그거야 상관없지만…… 괜찮은 건가, 오라버니."

다시 몇 번쯤 눈을 깜빡인 뒤에 라이네스가 물었다.

마주한 스승님의 손에는 샌드위치.

뒤에 있는 나는 티컵을 올린 은쟁반을 들고서 기다리는 중이다. 스승님이 공복을 호소하자 학생식당의 주방을 빌려서 얼추 만들 만한 것이 로스트비프 샌드위치 정도였기 때문이지만, 썩 군주(로드)다운 위엄 있는 분위기라고는 할 수 없을 것이다.

물론 스승님은 언짧게 숨을 쉴 뿐이었다.

"글쎄. 지금이라도 도망치고 싶은 건 변함이 없어. 그러나 그것은 자네 손으로 군주(로드)에 봉해진 뒤로 항상 그렇지."

"이크, 첫마디부터 고약한걸!"

입술 끝을 일그러뜨리며 라이네스가 어깨를 으쓱였다.

그렇지만 그 하얀 옆얼굴에 밴 웃음은 진짜로 보였다.

"알았어. 그렇다면 이쪽은 이쪽대로 정신없이 바쁘지만 너무나 사랑스러운 오라버니의 부탁이라는 것을 우선해보지."

실로 생색내며 마력이 깃든 불꽃색 눈으로 스승님을 올려다보았다.

"그렇지만 정말로 괜찮은 거지? 나로서는 당신이 여기서 리타이어하는 것도, 상황에 따라서는 하트리스에게 가담하는 것도 고려하고 있었어. 여기서 일어서는 걸 보니 후자를 결심한 건 아니지?"

소녀의 물음은 단순히 한 식구로서 신경 쓰고 있기 때문이라는 것만은 아니다.

엘멜로이의 후계자로서 스승님의 행동이 파벌에 도움이 되느냐 마느냐 판단하고자 하는 것이다. 그런 기미를 자연히 알 수 있어서 부르르 몸서리를 치고 말았다. 시계탑의 음모극을 단시간에 너무 많이 본 탓에 나도 물들어버렸을지 모르겠다.

"오해하지 말았으면 좋겠지만, 하트리스에게 가담하는 것이 나쁘다는 소리가 아니야."

담담히 라이네스가 말했다.

"상황에 따라서는 하트리스에게 굴복하는 것이 엘멜로이의 승리일 가능성도 있겠지."

라이네스의 시점은 냉혹한 계산을 기반으로 하고 있다. 그렇지 않으면 기껏해야 10대 소녀가 엘멜로이파를 꾸려나가기란 불가능할 것이다. 아니, 스승님을 군주(로드)에 봉하기 전에는 라이네스는 아직 한 자릿수 나이였다.

암살 위험에 겁내며 누구나 자신의 자산을 빼앗으려는 범죄자로 보였다는, 그 기분이 지금이라면 이해되었다.

스승님은 잠시 간격을 두고 입속 샌드위치를 씹은 뒤에 대답했다.

"……그러지 않을 작정이야."

"좋아."

소녀가 다시 활짝 웃었다.

장난스럽게 하얀 손가락을 눈앞에서 깍지 끼며 묻는다.

"그러면 대체 어떤 용건이신가, 나의 군주."

멋 부린 말을 무시하면서 스승님은 이야기를 꺼냈다.

"아오자키 토코가 말했던, 비해해부국의 시체 얘기다."

"흠."

살짝 끄덕이고 라이네스가 뒷말을 재촉했다.

"하트리스의 다섯 제자 중 세 명은 실종."

스승님이 다섯 손가락을 벌렸다가 그중 세 개를 접었다.

"그리고 한 명은 방금 말했듯이 어제 비해해부국에서 사망. 마지막 한 명인 아셰아라도 행방을 숨기고 있었지만 이것은 타이밍으로 보건대 본인이 도주했을 가능성이 커. 우리도 비해해부국에서 만났었지만 그녀는 사망한 캘루그 이스레드와 마찬가지로 하트리스가 실종 사건의 범인이라는 것을 알아챈 눈치였지."

"……확실히, 지금 생각하면 그런 인상이었습니다."

아셰아라 미스트라스는 그 비해해부국에서 만난 흑인 여

성이었다.

 "하트리스의 제자들이 실종된 이야기를 했을 때도 아무 말도 하지 않았으니 말이야. 같은 비해해부국의 캘루그가 아마 하트리스 대책으로 영묘 알비온의 괴물들을 수집하던 것을 고려하면 그녀도 모종의 대책을 짜고 있었다고 판단해야겠지. ······물론 단순히 하트리스가 한 수 위여서 납치되었을 가능성도 있지만."

 하트리스의 제자들. 우리에게는 현대마술과의 선배이기도 한 생환자들.
서바이버

 이름은, 이렇다.

 캘루그 이스레드—— 비해해부국 관리 부문.

 아셰아라 미스트라스—— 비해해부국 자재 부문.

 조렉 쿠르다이스—— 프리랜서. 캘루그의 형제.

 게셀츠 톨먼—— 프리랜서. 마술약이 특기다.

 크로—— 프리랜서, 아마도.

 이전에 스빈이 정리한 메모에서 멤버의 이름을 반추했다.

 "······실례."

 스승님이 품속에 손을 집어넣었다.

 시가 케이스에서 시가 한 개비를 꺼내어 시가 커터로 끄트머리를 자른 뒤에 천천히 성냥불을 붙였다. 일련의 동작은 이골이 난 것으로, 스치듯이 댄 성냥에서 이윽고 시가로 불이 옮겨붙어 스승님의 입술에 물렸다.

그 향으로 조금 침착해진 느낌이 들었다.

"마술에 관해서라면 나도 다소의 지식은 있다고 생각한다. 그러나 이것은 시계탑의 일상사인 음모에 기반하고 있어. 자네의 지혜를 빌리고 싶네."

"이거야 원, 귀여운 여동생을 붙들고 못된 꾀 꾸미기 좋아하는 시누이처럼 말하면 쓰나."

어깨를 으쓱이고 라이네스는 턱짓했다.

이야기를 진행하라는 신호다.

스승님도 충분히 숙지하고 있는지 시가 연기를 뱉고 그 연기 모양을 눈으로 좇으면서 말을 이었다.

"중요한 것은 일부러 아오자키 토코가 그 시체에 대해 말을 남긴 의미── 다시 말해 캘루그 이스레드가 왜 거기서 죽었는지다."

"왜……?"

그렇게 말해도 나는 짐작이 가지 않는다.

하트리스가 갑자기 제자들을 납치하고 다니고 있는 것이 아닌가…… 그 정도밖에 이해하지 못하고 있다.

얼빠진 표정을 지은 나를 가엾어 한 것인지 스승님은 얼른 이야기를 전개했다.

"그 남자에게는 형제가 있었지 않나."

"으음, 조렉 쿠르다이스였지요."

성이 다른 것은 생환자로서 영묘 알비온에서 빠져나온 뒤,

고명한 마술 집안의 양자로 들어갔기 때문이라나 뭐라나.

"그래. 남동생은 가문의 양자로 들어갔으니 이름이 바뀌었다고 캘루그는 말했었지. 그러나 이것이 반대라면?"

"······반대?"

그 의미를 알 수 없어 갸우뚱했다.

"한 명은 비해해부국, 한 명은 지방의 마술사 가문에 양자로 들어가 성이 바뀐다. 그것이 필요했으니까 길을 달리한 것이라면?"

"무슨 뜻이지요?"

설명을 들어도 아직 모르겠다.

내 혼란을 보며 스승님은 다른 방향으로 다시 말했다.

"들은 말에 따르면, 조렉과 캘루그는 비슷한 또래의 형제였다지. 만약 두 사람이 때때로 뒤바뀌고 있었다면 어떤가?"

"조렉과 캘루그가?"

스승님이 무슨 말을 하는지 모르겠다.

그렇지만 얼음을 댄 것처럼 등골이 오싹해졌다. 모르겠어도 스승님이 몹시 중대한 부분에 메스를 대고 있는 것만은 실감이 되었기 때문이다. 사건의 심장에는 이르지 못해도 극히 중대한 환부에 그 칼날을 들이대고 있다.

"뒤바뀌다니, 무엇 때문에 말이지요?"

"해부국의 정보는 다른 곳에서 얻을 수 없어. 내부 인물이라도 쉽게 반출할 수 없게 다양한 보안 조치가 되어 있지. 그러니까 형제는 그 비해해부국에 숨어들어 실적을 만들기 위해서 영묘 알비온을 발굴하고 있었어. 언뜻 멀리 가는 것처럼 보이지만 비해해부국이 영묘 알비온을 관리하고 있는 이상, 외부에서 가장 채용되기 쉬운 것은 역시 알비온의 생환자이기 때문이야."

담담히 스승님이 말했다.

나 따위는 겉면밖에 알지 못할 말이 점점 겹쳐진다.

"한쪽인 조렉이 양자로 들어가 이름을 바꾼 것도 그 때문이겠지. 둘의 관계가 간단히 들키지 않도록 했던 거야. 시계탑의 보안조차도 형제끼리 같은 마술을 쓰면 분간하기가 어렵지. 그리고 형제지간에 얼굴을 비슷하게 꾸미는 수준의 변신술이라면 말마따나 신세대의 신입생이라도 쓸 수 있어."

"아아, 과연. 미스터리에는 흔한 수법이군."

옆에서 듣던 라이네스가 흠흠 끄덕이고 이렇게 덧붙였다.

"여하튼 우리는 한 번 그런 트릭을 본 적도 있으니까 말이야."

"아…… 이젤마에서."

나도 중얼거렸다.

쌍모탑 이젤마의 사건.

그때는 미를 추구하던 마술의 끝에 피해자가 바뀌치기 된 것이, 우리를 교란했다.

　물론 그만한 변신술이나 그 수준의 마술은 일반적인 마술사에게 가능한 일이 아니다. 그러나 형제지간이라면 극히 쉽다는 말은 납득이 갔다. 딱히 마술의 힘을 빌리지 않아도 별것 아닌 분장이면 충분하리라.

　"하지만 그런 짓을 해봤자 의미가 있나요?"

　"의미야 얼마든지 있지. 해부국은 내부에서 배신자가 나오지 않느냐에 관해서 엄격해. 밀수나 뇌물에 메리트가 넘쳐나니 말이지. 이 때문에 감시의 눈을 빛내고 있지만 웬만한 지위에 있는 국원이 또 한 명 상당의 몸과 알리바이를 준비할 수 있으면 이건 다양한 수법으로 돌파할 수 있을 테고."

　"……."

　10년 전의 음모가 스승님의 손으로 밝혀지고 있다.

　마치 해부 같다. 많은 미스터리 소설에서 묘사된 명탐정들의 추리와는 비슷하면서도 다른, 스승님 나름의 방식.

　"그래, 그거라면 하트리스가 결계를 일절 건드리지 않고 비해해부국의 시설 내부까지 들어갈 수 있었던 이유도 설명이 돼. 그 형제가 때때로 뒤바뀌었다면 보안을 통과하기 위한 수작도 당연히 부려 놓았을 테지. 하트리스는 먼저 형제 중 한쪽을 납치했었으니까 그 수작을 이용하는 것도 간단해. 하트리스의 변신술 솜씨는 우리도 본 적이 있으니 말이야."

　마안수집열차의 사건에서 하트리스는 카울레스로 변신해

있었다. 그 정밀도는 아직 같은 엘멜로이 교실에 다닌 지 얼마 되지 않은 시절이라고는 해도 열차에 타고 있을 동안 우리를 내내 속여 넘겼을 정도다.

그때의 카울레스——로 둔갑한 하트리스는 단순히 모습만 닮은 것이 아니라 어조 및 사고까지도 완전히 트레이스하고 있었다.

"이때, 서번트는 영체화하면 따라갈 수 있어. 물론 마술사의 결계는 이러한 영체에도 반응하지만 실체화와 영체화를 반복하고 현대 대부분의 마술사를 능가하는 위험한 사역마란 것은 상정 외지. 하물며 이미 캘루그가 샛길을 만들었다면 그 부분을 이용하는 건 어렵지 않았을 거야.

그리고 아마도 캘루그는 영묘 알비온의 괴물들을 부려서 저항했어. 동생의 실종으로부터 하트리스의 접근은 감을 잡았을 테니까. 안타깝게도 서번트인 페이커에게는 당해내지 못했지만."

거기서 스승님은 한 호흡 띄웠다.

미간에 주름을 잡고 관자놀이를 두 번쯤 두드린다.

그리고 내뱉듯이 말했다.

"……어쩌면 캘루그가 아니라 초렉이었을지도 몰라."

"무슨, 말씀이세요?"

"비해해부국에서 발견한 그 시체 말일세. 만약 그 자리에서 죽은 것이 캘루그가 아니었다고 발각되면?"

사건의 기억을 되살린다.

끔찍하리만큼 토막 나고 뒤섞인 캘루그의 시체. 물론 이야기로 들은 페이커의 마술이라면 그런 시체를 만들어내는 것은 어렵지 않다. 인간 시체를 대형 믹서에 넣으면 가능한 정도의 행위는 말 그대로 한두 마디로 해낼 것이다.

그러나 그런 짓을 한 이유는?

와이더닛.

지금, 스승님이 묻는다.

그 자리에서 죽은 것이 캘루그가 아니었다면.

"……어, 그 자리에서 죽은 것이 캘루그 씨가 아니다? 으음, 즉, 동생분인 조렉 씨였다면, 말인가요?"

혼란스러운 채로 말해봤는데 스승님은 살짝 끄덕였다.

"만약 그런 일이 판명되면 당연히 해부국도 사건의 발단이 훨씬 이전부터 있었음을 깨닫지. 물론 국내(局內)에서 살인 사건이 있던 것만으로도 대사건이지만, 급기야 죽은 것이 국원이 아니라 그러면 수사의 손길은 애초에 이 피해자는 누구였는가라는 점으로 귀착될 테지. 그것은 하트리스에게 간과할 수 없는 차이였다 한다면?"

"……."

이야기가 너무 복잡해서, 알 수가 없어지기 시작했다.

대체 스승님은 무엇을 풀어내려 하고 있는가. 무엇을 폭로하고자 하는 것인가.

"그러니까 하트리스는 철저하게 시체를 파괴했어. 이 시체의 신원이 들키지 않도록 한 거야. 시체를 가지고 떠나면 편했겠지만 아무리 그래도 해부국 시설에서 거기까지 할 여유는 없었던 거지."

"자, 잠깐만요."

참다못해 내 목소리도 높아졌다.

"캘루그 씨와 조렉 씨가 몰래 뒤바뀌었을 가능성이 있는 것은 알겠어요. 비해해부국에 그렇게 파고들 가치가 있다는 것도요. 하지만 대체 언제부터 그런 생각을 하고⋯⋯."

"⋯⋯대체, 언제부터?"

앵무새처럼 따라 중얼거린 것은 스승님이 아니었다.

옆에서 듣던 라이네스가 예쁜 검지로 관자놀이를 누르며 한쪽 눈을 가늘게 뜨고 있었다.

"⋯⋯아아, 과연. 이제야 나에게 상담한 의미가 이해가 되기 시작했어. 그런 이야기인가, 우리 오라비여."

"그런 이야기다."

둘이서 무언가 납득한 모양이지만 나는 당최 모르겠다.

그러자 라이네스가 내게 시선을 주고.

"캘루그와 조렉만이 아니야. 하트리스의 다섯 제자들에게는 처음부터 다른 목적이 있던 게 아닐까 하는 얘기지."

이렇게 말했다.

그리고 다시 그 의미를 해설한다.

"이 경우 처음이라는 것은…… 아마 하트리스의 제자가 되기보다 훨씬 전이야."

"어, 제자가 되기보다 훨씬 전?"

위화감에 나는 눈썹을 찌푸리고 말았다.

정지해버린 나를 바라보며 라이네스가 수중의 홍차를 한 모금 마셨다. 몇 초 생각에 잠겼다가 간신히 나는 위화감의 정체를 거머쥐었다.

"하지만 그건 이상하지 않나요? 왜냐면 하트리스의 제자는 다들 생환자죠? 캘루그 씨와 조렉 씨뿐이라면 알겠어요. 하지만 남은 분들도 다들 몇 년씩 전부터 영묘 알비온에 틀어박혀 있던 사람들이에요. 그런데 전원이 그보다 전부터 꿍꿍이가 있었다니."

그렇다. 시간 순서가 어긋나 있다.

확실히 그거라면 앞뒤야 맞겠지만, 맞는 것은 앞뒤뿐이다. 일그러짐을 메꾼 만큼 다른 일그러짐이 번져나간다. 스승님의 말대로 캘루그와 조렉은 처음부터 비해해부국과의 커넥션을 이을 요량으로 알비온에 들어갔을지도 모르겠지만 모두 다 그럴 리는 없을 것이다.

그 말에 라이네스는 차분한 표정으로 고개를 아래위로 흔들었다.

"물론 그 말이 맞지. 이쪽도 그 뒤로 조사해봤지만 조렉과 캘루그가 4년간, 게셀츠가 9년쯤 알비온에 들어가 있었고, 아셰아라와 크로가 애초에 알비온 출신이라고 하더군. 게다가 팀 자체부터 몇 번쯤 멤버가 교체되다가 이 형태가 됐다고 해. 그레이의 의문은 지당하지."

그 답변에 조금 안도했다.

내 생각은 분명 얄팍하다고는 생각하지만 그래도 라이네스와 스승님하고 어떻게든 생각을 공유하고 있다고 여겨졌기 때문이다.

"하지만 말이야, 그레이. 이에 관해서 시계탑은 극히 간편한 해답을 제시할 수 있어. 맞아, 그것이 현실적인 것인지 여부를 오라버니는 나에게 확인하러 온 거겠지? 추측으로 성립되어도 탁상공론이면 의미가 없지. 이건 범인이 머리가 비상한 녀석이라거나, 배후에 어마어마한 인연이 있다거나 그런 게 아니라, 그런 행위를 평범하게 할 수 있는 지반이 있느냐 없느냐, 라는 환경의 문제니까 말이야."

거침없이 술술 말하던 그녀는 한숨을 쉬었다.

"지금 오라버니가 시사한 가능성은 네가 생각하는 것보다 훨씬 비열하고, 까마득히 속물적인 얘기야. 조금 아니다 싶을 만큼 간접적이고 정신머리가 틀려먹었어. 네가 시계탑에 대해 바른 인식을 가짐과 동시에 아예 환멸하지 않을까 싶어서 다소 유감이기는 하지만 그것이 도리에 맞는다고도 생각해."

"그건, 무슨……."

"그러니까, 우연히 캘루그와 조렉만이 그런 생각을 하고 있었다고 여기니까 안 되는 거야. 애초에 알비온에 들어가기 전의 캘루그와 조렉이 정말로 프리랜서인 줄 어떻게 알지? 개인이 비해해부국의 정보를 반출해봤자 얻을 거야 대단할 게 없을걸. 그런 정보를 원하는 다른 조직이 그들에게 비해해부국에서 스파이를 하라고 명령했다고 생각하는 편이 훨씬 자연스러워.

그리고 이렇게 생각했을 경우, 캘루그와 조렉만이 스파이 행위를 하고 있었다고 생각하는 건 이상하지. 왜냐면 그들이 생환자가 될 수 있던 것은 상당한 행운에 의존했을 거야. 실수로 영묘 알비온에서 죽어도 끝장이고, 별 성과도 거두지 못해 비해해부국의 눈에 들지 못해도 끝장. 하는 일이 장구한 것에 비해 계획이 너무 불안정해."

라이네스의 목소리가 집무실 바닥을 미끄러진다.

내 사고를 잇달아 웃돌며 무시무시한 추리만이 이어진다.

"요컨대 말이야. 처음부터 몇십 명이나—— 까딱하면 더 많이, 시계탑의 파벌들은 영묘 알비온으로 일회용 스파이를 보내고 있는 거야."

"네……?"

얼빠진 목소리가 튀어나오고 말았다.

"아마 예상이지만 거의 확실하게, 비해해부국의 눈길을 피해 영묘 알비온을 조사하기 위해서겠지. 여하튼 알비온에 공적으로 들르기 위해서는 반드시 해부국을 거쳐야 해. 자연히 조사할 수 있는 범위도 내용도 한정되니까 이것을 우회하기 위해, 영향력 아래에 있는 스파이를 잠입시키고 싶다는 발상은 평범하잖아? 예를 들어 그러기 위해서 10년이나 20년, 경우에 따라서는 평생을 허비하게 되어도 말이야."

평범하잖아, 라고 말해도 곧장 받아들일 수는 없었다.

확실히 라이네스의 이야기는 앞뒤가 맞는다. 한두 명 스파이를 보내어도 성공이 불안하다면 몇십 명 단위로 보내면 된다. 그중 누군가가 성공하면 결과는 똑같으니 일회용이라도 상관없다.

그렇지만.

그건, 그렇지만——.

"하트리스의 제자들 중, 캘루그와 조렉 형제는 확실하게 —— 그리고 어쩌면 다른 제자들 중 누군가도 시계탑의 파벌이 영묘 알비온에 잠입시킨 스파이였다."

나는 아연하게 그 말을 들었다.

목덜미를 난폭하게 잡힌 기분이었다. 필사적으로 산소를 들이마시려고 하는데, 아무리 해도 평소의 절반도 폐가 기능하질 않는다. 칠흑 같은 물속에서 버둥거리는 것 같다.

스승님이 평소보다 미간의 주름이 깊어지며 물었다.

"즉, 가능하단 말이군, 라이네스."

"충분히 가능하지. 응, 확실히 듣고 보니 그런 발상도 가져야 마땅했어. 영락하기 전부터 엘멜로이파는 영묘 알비온에 관여할 일이 적었으니까 이 방면의 정보도 부족했었는데, 이건 내 식견이 짧다고 해야겠어. 아아, 분한걸. 대체 어느 때쯤부터 이런 스파이를 풀고 있었는지 모르겠지만 발상의 스케일이 달라."

"자, 잠깐만요!"

감복한 듯한 음성에 무심코 나도 끼어들고 말았다.

"다들, 그런 명령을 받아들인단 말인가요! 단순히 위험하다거나 그런 문제가 아니잖아요! 영묘 알비온에서는 조건이 갖춰지지 않으면 나올 수 없다면서요! 그렇다면 영영 돌아오지 못할 가능성도 있다고요!"

몇 년씩 들인 스파이 행위.

그렇지만 그러기 위해서 몇 년씩── 자칫하면 평생을 소비하는 것도 불사한다는 것은 어떤 사고에 의한 것인가. 어떤 권력자라면 그런 횡포를 명령하고, 어떤 상대라면 그런 엄한 요구를 받아들이는가.

"그것이, 받아들인단 말이지."

라이네스는 티컵을 들어 올리고 한쪽 눈을 감았다.

"여하튼 마술사에게는 편리하게도 분가라는 것이 있어. 심지어 이 분가란 현대에는 내버려 두면 쇠퇴하다가 망할

게 뻔해. 3대 귀족과 관계가 있는 가문이라면 맛있는 먹이를 흔들면서 살짝 전망이 없는 자식을 팔라는 소리쯤은 능히 하지. 애초에 그런 소리를 하지 못해서야 시계탑에서 살아남을 수 없어. 10년 알비온에 들어갔다 오라는 정도는 태연하게 지시하고, 경우에 따라서는 자식과 손자 대까지 뿌리를 내리라는 명령까지 할걸. 아아, 정말이지 하나도 이상할 것이 없어. 애당초 마술사의 분가가 본가와 떨어진 벽지에 틀어박히는 패턴은 상당한 비율로 이거니까."

소녀의 말에는 진실밖에 가질 수 없는 무게가 있었다.

어쩌면 자신도 그런 사람 중 하나였기 때문일지도 모른다. 엘멜로이파에서 라이네스는 극히 말단이었을 것이다. 그것이 훼손된 원류각인의 적성입네 뭐네 해서 엉겁결에 추대받아 파벌의 후계자까지 이르렀다.

후계자가 되고 싶었던 것이 아니라 다른 선택지가 없었다.

수많은 음모에 에워싸여 암살의 위험에도 노출되는 입장에서 라이네스는 될 수밖에 없었다. 결과적으로 보면 소질은 있었겠지만 그런 재능을 살리길 바랐다고는 생각할 수 없다.

이렇게까지, 하는 것인가.

시계탑이라는 장소는 이렇게까지 인생에 희생을 강요하는가. 혹은 마술사라는 입장은 이렇게까지 세계를 일그러뜨리는가.

"그럼…… 아세아라 씨와 크로 씨도?"

"방금 말했듯이 충분히 가능성이 있어. 태어났을 때부터 알비온에 있다고 해서 시계탑의 음모 밖이라고 보증할 수 있을 턱이 없지."

"그건……."

말이 끊겼다.

다음에 목을 비집고 나온 것은 친밀감이 깊어진 어느 단어였다.

"……와이더닛."

내 중얼거림에 시가를 문 채로 스승님이 고개를 아래위로 흔들었다.

"그래. 이것은 하트리스에게 관련된 인간의 와이더닛이야. 적어도 아오자키 토코는 진즉에 여기까지 다다랐을 테지."

"그렇게 되겠어. 나 원 두 손 들겠네!"

라이네스가 익살맞게 토끼 귀처럼 두 손을 들었다.

"그래서 아오자키 토코는 하트리스에게 네 제자는 사실 누구의 제자였느냐는 질문을 던졌다 이거지. 젠장, 그 타이밍에 난 알아먹었어야 했는데."

──『딱히 어려운 걸 묻는 게 아니야. 단순히, 그들은 누구의 제자였는지 묻는 거라고, 전 학부장.』

라이네스의 설명에 따르면 그런 식으로 토코가 질문했다고 한다.

과연, 그것은 답 그 자체다. 수수께끼의 대화고 뭐고 아니라, 방금 스승님과 라이네스가 주고받았던 논의의 결론만을 고스란히 오려낸 말이었다.

"⋯⋯그러면, 실종 사건도 의미가 전혀 달라지지."

이어서 라이네스가 말했다.

스승님보다 그녀 쪽이 생생한 것은 바야흐로 이 음모극이야말로 그녀의 독무대이기 때문이리라.

"그것이 제자가 아니라, 제자들 뒤에 있는 인물을 향한 어필이라면?"

"어필?"

눈썹을 찌푸린 나를 제쳐두고 스승님이 입을 열었다.

"⋯⋯아마도 그 살인 사건까지 하트리스는 비밀리에 사건을 진행하려고 했겠지."

아까 스승님의 집무실에서 나누었던 이야기다.

라이네스는 분한 표정으로 혀를 차고 팔짱을 끼었다.

"그렇게 되겠지. 그렇다면 최대한 증거를 남기지 않고 압박을 가하기 위해서 관련인물을 연속적으로 실종시키는 건 유능한 방식이야. 그렇다기보다 그거야말로 범죄 조직에서는 흔히 쓰이는 방법이잖아. ⋯⋯아니 가만. 그렇다는 말은, 이번 습격도 그건가?"

"알비온에 갈 뿐이라면 비해해부국에서 캘루그를 죽인 뒤 바로 알비온행 엘리베이터를 탈취하는 수단도 있었어."

스승님이 소녀의 의견에 찬동하면서 말을 받았다.

"물론 단순히 거기까지는 보안을 속일 수 없었을 가능성도 크지만, 연속적으로 사건을 일으켰다는 말은 처음부터 세운 예정이라 간주하는 편이 가깝겠지. 아, 하트리스 쪽에서 보자면 슬러를 습격하는 것은 형편상 좋았던 거야. 일련의 실종 사건의 마무리로 알비온에 가는 것과 제자들 뒤에 있는 흑막을 향한 압력을 동시에 달성해냈지."

"……."

"아오자키 토코는 제자를 어떻게 사용한 거냐고도 질문했었지. 그래, 이쪽도 의미는 액면 그대로야. 하트리스는 흑막에게 압력을 가하기 위해서 실종 사건이라는 수법으로 과거의 제자를 사용한 거지."

논지는 이해하겠다.

하트리스가 전 현대마술과의 학부장이라는 사실을 감안하면 이 방면의 음모 및 난장판에 익숙한 것도 이상하지는 않다. 하지만 나에게는 그 논지가 여태까지 일어난 사건과 사투 이상으로 두려웠다. 어떻게 보아 신대의 마술사나 아틀라스의 7대 병기보다도 나에게는 받아들이기 어려운 사태였다.

사람의 생명도, 생애도, 경우에 따라서는 자손의 미래마

저도, 유희판의 말 정도로밖에 여기지 않는 수법.

그것은 증오나 분노조차 개재하지 않는, 순수한 악의다.

이전부터 시계탑의 어둠은 끔찍한 음모의 도가니라며 라이네스가 곧잘 이야기했었다. 그러나 그녀가 수없이 응수를 되풀이하는 현실이 어느 정도나 되는지 나는 상상도 못했던 것이다.

비로소 나도 그 한 자락이 이해가 되어서, 그러기 때문에 몸 심지부터 싸늘해질 만큼 공포를 느꼈다.

살짝 난처한 표정으로 라이네스는 한숨을 쉬었다.

"미워졌어?"

"……아니요."

고개를 저었다.

연거푸 저었다.

"아니요, 아니요. 그럴 리 없어요. 소제가 라이네스를 미워할 리가 없어요."

"그럼 다행이지."

절절하게 말하고 소녀는 식어버린 홍차를 마저 마셨다. 하얀 손가락이 약간 떨리고 있었다.

그리고 나서.

"맞아. 이걸 주는 것을 까먹었군."

책상 서랍에서 경화 한 닢을 꺼냈다.

누군가의 옆얼굴이 양각된, 골동품으로 짐작되는 물건이

었다.

"금화?"

"지저에서 싸우다가 마지막에 예의 페이커의 전차가 흘린 건데 말이야. 오라버니라면 알아보는 것 아니야?"

"흠. 빌려주게."

장갑을 끼고 나서 스승님은 그 금화를 신중하게 바라보았다.

"스타테르 금화로군……. 이건…… 이스칸다르의 것인가."

"이스칸다르의, 금화?"

"고대 그리스의 인근에는 당시의 왕이나 영웅을 본떠서 화폐를 만드는 풍습이 있었네. 특히 이스칸다르는 인기가 좋아. 이 한 닢이라도 상당한 가격이 매겨질 테지."

이런 상황인데도 적지 않게 자랑스러워하는 어조가 귀여웠다. 이 사람의 마음의 나침반이 어디를 향하는지 분명히 알 것 같다.

"여하튼 압도적으로 인기가 있어서 패턴도 많아. 기본이 되는 것이 종래 화폐에 타각하던 헤라클레스의 옆얼굴의 모델로 이스칸다르를 사용한 것이지. 또는 이스칸다르는 아몬 신의 환생이라고 해서 뿔이 나 있는 자라거나, 전차를 상징해서 코끼리 가죽을 씌운 것도 있어. 발행 연월은 200년 이상에 걸치고 발행 지역도 당시로서는 두드러지게 넓었지.

이스칸다르의 코인에 관해서만 가지고 충분히 책 한 권이 될 거야. 이것은, 그 대왕이 얼마나 널리 신앙받고 전설의 영웅으로서 사랑받아왔느냐는 사례이기도 하며……."

"과연 대단하다 싶긴 한데, 오라버니."

대차게 탈선하려던 스승님에게 라이네스가 참견했다.

"이 금화를 페이커가 가지고 있던 의미는 알겠나? 물론 단순한 소지품으로 의미 따위는 없을지도 모르지만."

"……음. 그건 모르겠군. 일단 내가 가지고 있어도 괜찮을까."

"그래, 물론이고말고."

"감사하지."

부랴부랴 정성껏 손수건에 싸서 재킷 주머니로 갈무리한다.

마지막으로 물고 있던 시가도 시가 케이스로 돌려놓고 라이네스에게 고개를 들었다.

"어쨌든 고맙다고 하겠어. 아직 안개 속이라고 해도 어느 정도는 사건의 흐름을 잡아냈다."

"그건 다행인데 말이야. 여기서부터 뒤집을 수단은 있나?"

라이네스의 물음에 스승님은 못마땅하게 머리를 긁었다.

"뒤집을 수 있을지는 모르겠지만 형편상 하나 조사할 것이 생겼지. 아트람 갈리아스타가 보내온 편지 때문에 말이야."

"호오?"

눈썹을 모은 라이네스에게 마저 설명한다.

"그러니까 일단 슬러를 떠나마. 아까 체크한 느낌으로는 왕복만 해도 한나절 이상은 날아가니 그동안은 잘 부탁한다."

"뭐?"

라이네스의 얼굴이 대차게 찌그러졌다.

"아니 잠깐 기다려. 벌써 내일 심야가 관위결의^{그 랜 드 롤}라고! 무슨 일이 있으면 어쩌려고 그래?"

"그때까지 돌아올 요량이지만 사고라도 나면 네가 나가다오. 여하튼 본래의 후계자 아닌가. 아무도 토는 못 달 거야."

"바로 내가 토를 달겠다만 오라버니?!"

라이네스의 비명에 이번만은 스승님 쪽이 히죽 웃고 발길을 돌렸다.

도중에 걸음을 멈추었다.

등을 보인 채로 이렇게 말했다.

"따라와 줘, 그레이."

"으……."

그것만으로도 가슴이 벅차고 말았다. 평소보다 큰 보폭으로 뒤에서 따라가서 끄덕이고 말았다.

"네! 스승님!"

◆ 제3장 ◆

1

올가마리 어스미레이트 아니무스피어에게 런던은 외지^{적진}라
는 인상이 강했다.

원래부터 그녀의 가계―― 아니무스피어는 도시에서가
아니라 고지, 산맥에 지반을 만들고 있다. 때때로 산에서 내
려와 이렇게 런던의 시계탑 본부와 접촉을 취하지만 역시
자리를 잘못 찾았다는 감각은 떨칠 수 없다. 사람이 너무 많
은 것도, 건물이 밀집된 것도, 하루 내내 말이니 차니 하는
게 달리고 있는 것도, 그녀가 보자면 정이 들 수 없는 요소
에 불과하다.

물론 친가에 대해서 친근감을 갖고 있느냐고 물으면 그렇
지도 않았다.

현 당주인 아버지 마리스빌리는 거의 자신의 공방에서 나

가는 일도 없어서, 결과적으로 얼굴을 마주할 일도 1년에 몇 번이라는 꼬락서니다.

그러니까 그녀가 보자면 인간이란 고독하게 살아가는 존재였다. 마술사로서 선택받았으니 고고도 고립도 당연. 그 전부를 받아들여야 마땅하다고. 아버지가 자신에게 전혀 기대하지 않는 눈치도, 그렇게 살다 보면 언젠가는 뒤집을 수 있을지 모른다고 여겼었다.

아아, 라이네스 엘멜로이 아치조르테라는 소녀에게 깊이 관계한 것도 그녀의 입장이 자신과 가깝다고, 무심코 짧은 생각을 해버렸기 때문이리라. 그런 얄팍한 공감 따위 시계탑에서는 쓸모가 없음을 알건만 조금 더, 조금만 더 대화하고 싶다는 욕구에는 저항할 수 없었다.

'……그러니까.'

소녀는 생각한다.

슬러가 습격당했다는 이야기는 그녀에게도 충격을 주었다.

'……일이 어떻게 된 거지?'

그녀도 닥터 하트리스와는 만난 적이 있다.

마안수집열차에서 그 마술사가 서번트를 소환하여 그 보구를 개방하였을 때 그녀도 입회했었기 때문이다. 그 보구라면 학술도시 하나를 유린하는 것쯤이야 거뜬할 것이다.

그러나 그 마술사가 이 타이밍에 슬러를 습격할 이유가 짚이질 않는다.

물론 하트리스의 목적은 올가마리도 모르겠다. 그러나 서번트를 사용해 습격할 거라면 언제든 가능했을 것이다. 하필이면 관위결(그랜드 롤)의 전이라는 타이밍에 나타난 것은 어떠한 동기(와이더닛)인가.

'……아버지라면, 알았을까?'

마리스빌리는 이전 하트리스에게 개인적인 의뢰를 했을 터다. 그것도 제4차 성배전쟁의 조사라는, 타인에게는 불가능한 부류의 작업이었다. 단순히 면식 있는 마술사로서 의뢰했는지, 메인 학과의 학부장 사이라는 미묘한 관계에서 비롯된 것인지는 모르겠으나 모종의 특수한 관계를 두 사람이 맺고 있었음은 확실하다.

혹은.

혹은, 생각하고 싶지는 않지만 지금도 연결되어 있는 게 아닐까 하는 상상도 올가마리는 해버렸다. 이렇게 군주(로드)의 대리로서 자신을 파견한 것도 아버지와 하트리스의 책모 중 하나인 것이 아닌가? 그런 의심을 지우지 못하고 있었다.

"무슨 일이 있으신지요?"

갑작스러운 질문이었다.

자상한 웃음이 자신을 내려다보고 있었다.

물론 이 웃음에는 시계탑다운 독이 배어 있다. 안경 속에 부드럽게 숨겨진 감정을 놓치고 못 볼 만큼은 올가마리도 어리석을 수 없었다. 그편이 인생은 편했을지도 모르지만.

"딱히 조금 멍하게 있었을 뿐입니다."

"그렇습니까. 별고 없으시기를, 올가마리 님."

아다시노 히시리가 온화하게 말했다.

극동의 민족의상을 입고 있는 것은 그 마안수집열차^{레 일 체 멜 린}에서 만난 여마술사였다.

조금 전 올가마리는 그녀로부터 슬러 습격 사실을 전해 들었다.

대체 무슨 말을 해야 할지 알 수 없어, 입이 멋대로 이런 말을 고르고 있었다.

"법정과는 다들 당신 같나요."

"신경 쓰이시나요? 네, 올가마리 님은 후배가 될 가능성 이 크니까요."

요염한 연지가 칠해진 입술의 웃음이 깊어진다.

"아쉬운지 여부는 모르겠습니다만 저는 널리지의 양자 로서 추천받은 터라 평범한 학생과는 조금 다르겠지요. 후 배 중에는 명함을 따러 집의 돈을 쌓아서 들어온 아이도 있 습니다만, 그 남자의 성질도 다수파라고는 할 수 없겠죠. 후 후, 당신이 오시면 분명히 멋진 학생이 될 거라고 봐요."

시계탑에서도 유력한 집안의 후계자라면 높은 확률로 법 정과를 한 번은 선택하게 된다. 시계탑이 어떠한 의도로 성 립되었는지 알려면 법정과에 들어가는 것이 제일이기 때문 이다. 그러니까 명함을 따러 돈을 쌓아서라도 들어오겠다는 사람은 드물지 않지만, 그러면서도 다수파라고는 할 수 없다고 덧붙인 것은 그 후배의 개성 때문일까.

런던 일각.

교외의 숲에 세워진 어느 저택이었다.

또 한 명, 마른 나무를 조각한 것만 같은 노인이 그 방의 의자에 앉아 있었다. 이 저택의 주인이며 가슴에도 손가락에도 수많은 보석을 착용하였음에도 화려함보다 보석의 시체를 두른 듯한 적막함이 인상 깊은 노인이었다.

로드 유리피스── 루프레우스 누아다레 유리피스.

귀족주의 중에서도 유달리 예로부터 보수파로 유명한 군주가 바로 이 노인이다.

공허한 눈으로 보며 루프레우스가 말했다.

"썩 사라져라……. 법정과의 개가."

"이거 유감입니다. 강령과에는 미움 사지 않은 줄 알았는데요."

"바르토멜로이는…… 우리의 왕이다. ……그건 변하지 않지만, 법정과를 좋아할 이유도 없지. ……경계기록대라니…… 그런 존재를 알고 있으면서 입 다물고 있었나…….."

"담당으로서, 수비의무가 있기에."

천연덕스레 대꾸한 히시리는 봉랍이 찍힌 편지를 꺼냈다.

"분부대로 이쪽 편지를 두고 가겠습니다."

그렇게 말하고 여마술사는 퇴출했다.

잠시 지나고 노인이 시선을 움직이자 편지가 스윽 떠올랐다. 폴터가이스트 현상이다. 손가락을 움직이는 것보다 주위의 영체를 움직이는 편이 빠르다는 것은 노인이 물려받은 마술각인 때문일까. 혹은 수많은 보석 중 어느 하나가 마술예장으로서 기능하고 있을지도 모르지만, 올가마리는 거기까지 읽어낼 수 없었다.

내용을 흘낏 보고 노골적으로 혀를 찬 루프레우스에게 소녀는 물었다.

"미스터. 편지에는 뭐라고?"

"선대 바르토멜로이의 이름으로…… 알비온의 재개발은…… 저지하라……라는군. 흥, 당연한 소리를…… 강조해왔군……."

쉰 목소리로 노인이 말했다.

"선대라는 것이…… 요점이겠어. 이번에는…… 트란벨리오를 막아내지 못할 가능성도 있지만…… 선대의 지시라면 바르토멜로이의 이름에 상처가 나지 않지……. 아아, 당대는 날 때부터…… 마술사로서 완성되어 있었어. 그렇다고 해서…… 다 클 때까지 군주를 양도할 필요는…… 없는데…… 그 녀석은 일찍부터 양도했어……."

웅얼웅얼, 삐뚜름한 치아를 내비치며 중얼거린다.

"이런 일이 있을 줄…… 내다보고 있었는지……. 아니면 또 다른 이유가……."

바르토멜로이는 귀족주의 제1위의 이름이다.

거의 모습을 보이지 않는 원장을 제외하면 사실상 시계탑의 톱에 서서 법정과를 다스리는 가문이다. 역시 관위결의(그랜드롤)에 직접 출석은 하지 않더라도 완전히 무시하지는 않았던 모양이다.

잠시 간격을 두고 나서.

"알비온의 재개발은 막아야 하는 건가요."

올가마리는 묻고 있었다.

"어쩌면 트란벨리오가 주장하듯이, 그편이 마술세계에 큰 은혜를 줄 가능성은 없을까요."

"착각하고 있군……. 천체과의 딸(아니무스피어)……. 이유 따위는 필요 없는 게야……."

희번덕거리는 눈으로 소녀를 노려보며 노인이 말했다.

"우리는 굳이 움직일 필요가 없다. ……트란벨리오의 주장으로…… 마술세계에 은혜가 있든 말든…… 다다를 자는 다다라……. 다다르지 못하는 자는 다다르지 못해……. 결국은 단지 그뿐인 이야기야……."

그뿐인 이야기라고 단언할 수 있는 것이 귀족주의의 군주(로드)인 것이리라. 선민주의의 권화. 날 때부터 선택받은 자 말고는 필요로 하지 않는, 말로.

필시 마술사의 본질은 이러할 것이다.

민주주의 역시 선별을 느슨하게 할 뿐이지 큰 차이는 없다. 결국 마술세계에 만연한 것은 너무나도 뿌리 깊은 차별과 초인환상과 대다수의 인류에 영합하지 못하는 피학의식이다. 아마도 세계가 끝날 때까지 이 의식이 변할 일은 없으리라.

"나머지는, 현대마술과의 풋내기가 하기 나름이지만……."

노인의 쓸쓸한 말에 참지 못한 올가마리가 끼어들었다.

"하지만 저희 뒤에도 마술사는 이어집니다. 그러한 미래의 분들을 위해서 마술세계 전체의 변화도 고려해야 하지 않을까요. 루프레우스 님께도 브람 님이 계시지 않습니까."

"클클…… 브람 말이냐."

루프레우스가 낮게 웃었다.

브람이라는 것은 루프레우스의 아들, 로드 유리피스의 후계자로 여겨지는 상대였다.

"다다를 자는 다다른다……라고 말하지 않았나. 브람도 마찬가지다. ……단지 그뿐. 그러기 위해서 쌓는 것은 우리만이면 족해……. 다다를 거라면 다다라. 다다르지 못할 거라면 다다르지 못해……. 아아, 그놈의 죽은 여동생보다는 낫겠다만."

"……솔라우 씨였던가요."

"그 엘멜로이 놈에게도 말했지만…… 솔라우는 이미 아무래도 좋았어……. 그 계집은 어차피 예비 후계자에 불과했지……. 아들이 무사히 자라나 후계자가 아니게 된 시점에서…… 솔라우의 역할은 끝났었어…….”

“…….”

10년 전, 광석과의 군주였던 선대 로드 엘멜로이와 루프레우스의 딸^{키슈아}은 결혼할 예정이었다. 그것은 하나로 뭉치지 못하는 귀족주의를 통합하는, 그야말로 걸쇠가 될 이벤트였을 것이다. 여태까지 수없이 있던 정략결혼 중 하나에 지나지 않는다고 해도 현대의 마술세계를 크게 변모시켰을 것이다.

그러나 그렇게 되지는 않았다.

올가마리도 결과만은 알고 있다.

“……케이네스는 아까웠지……. 그놈이 얼마나 많은 비술을 연구 도중이었을지조차…… 나도 모른다…….”

“우수한 분이었던 모양이더군요. 철이 들기 전의 일이라서 저는 알지 못합니다만.”

“연구자로서는, 말이다.”

중얼거린 루프레우스의 말은 이 또한 단적인 사실이리라.

선대 로드 엘멜로이는 일류 연구자였지만 결코 무투파는 아니었다. 그래서 제4차 성배전쟁에서 승리하지 못하고 패배했다.

“하지만…… 마술사는 그러면 돼……. 시계탑은 절차탁마의 일종으로 투쟁을 장려하고 있지만…… 본디 마술사의 발달에…… 그런 불순물은 필요 없다. 있어도 상관없지만…… 그놈에게 줄 것은 아니었어…….”

　이 노인에게도 다 꾸지 못한 꿈은 있는 것일까, 하고 올가마리는 문득 생각했다. 자기 능력의 한계 때문에 꿈꾸어도 닿지 못하는 곳이.

　그 끝에 당도하는 것을, 누군가에게 맡기고 싶다는 생각을 하기는 할까.

　“……어쨌든…… 관위결의를 대비해…… 수는…… 써두었다.”
_{그 랜 드　롤}

　노인은 속삭였다.

　“…….”

　올가마리는 침묵했다.

　음모는 시계탑의 일상이다. 루프레우스도 거기에 이골이 난 한 사람이다. 평소 산에 틀어박힌 소녀는 상상도 못할 수라장을 넘어왔을 것이다.

　혹은 이 말조차 노인의 수 중 하나일지도 모른다.

　천체과 군주의 딸인 올가마리를 조종하려고, 다양한 대사를 이용하는 것일지도 모른다.
_{로 드}

　‘……그래도, 괜찮아.’

　오히려 당당히 소녀는 생각한다.

　‘……나는, 내가 해야 할 일을, 할 뿐.’

　문득 마안수집열차의 기억을 떠올렸다.
_{레 일　체 펠 린}

　아마도 그 사건이 없었으면 인생은 바뀌었을 것이다. 시

종이던 트리샤를 끔찍하게 잃을 일도 없고, 동시에 그녀의
진의를 깨닫지도 못했을 터다.

　　──『정신 바짝 차려요, 바보 마리.』

그 말은 지금도 가슴에 남아 있다.

어릴 적부터 보필하던 시종이 올가마리에게 전해준 말이
었다.

굴러가듯이 세계는 변해간다. 작은 돌과 돌이 부딪치는
그것만으로도 파급적으로 연쇄를 퍼뜨린다. 고작 몇 개월
만에 어지럽게 변화하는 세계에서 올가마리는 처음으로 약
간 스스로 개입하고 있었다.

라이네스와 손을 잡고 협조하기 위한 재료를 모으고 있던
것도 그중 하나다. 조건 없이 그녀를 신용한 것은 아니지만
그래도 누군가의 손을 잡지 않으면 변하는 일은 불가능하다
고, 그리 생각했으니까.

'어쩔 생각이야……?'

지금 올가마리는, 가슴속으로 물었다.

올가마리는 어느 마술사의 모습을 떠올리고 있었다.

또 한 명, 귀족주의에 속해야 하며 그 마안수집열차에서
시종의 말을 지켜낸 계기를 건네준 까다로운 성격의 젊은
군주를.

그때였다.

"……올가마리 어스미레이트 아니무스피어."

갑자기 이름이 불린 것이다.

"……아, 네."

"…… ."

노인은 소녀를 정면으로 바라보고 있었다.

감정을 전혀 상상할 수 없는, 허허벌판 같은 눈동자를, 그러나 소녀는 똑바로 받아냈다. 아니무스피어의 이름을 짊어졌기 때문이 아니라, 그러지 않으면 그 시종을 볼 낯이 없을 기분이 들었기 때문이다.

그러자 잠시 시간을 두고 나서 노인은 이렇게 말을 꺼냈다.

"편지에는 또 하나 적혀 있었다……. 아니무스피어의 후계자를…… 내 눈으로 확인해라……. 필요하다면 공개해도 좋다고……."

"무엇을, 말씀인가요."

올가마리의 몸이 긴장으로 굳었다.

확인하고 공개, 라고 노인은 말했다. 그렇다면 답은 어느 쪽이었을까. 일부러 말을 꺼낸 이상 합격인가, 아니면 소녀의 아버지처럼 실망하고 떠날 뿐인가.

"……따라오도록…… 해라."

노인은 지팡이를 들고 등을 보였다.

당황해서 따라가자 노인은 문을 지나 복도로 나갔다.

넓이에 비해서 종복 등이 전혀 보이지 않는 저택이었다. 이만한 저택을 유지하려면 최저라도 대여섯 명은 종복이 필요할 텐데, 인기척을 느낀 적이 없다. 관위결의에 대비해 런던을 방문한 올가마리가 이 저택에 안내받고 3일이 지났지만 끝내 루프레우스 외의 인영을 본 적은 없었다.

나선계단을 내려가 우울한 샹들리에가 내려다보는 홀에서, 다시 좁은 복도로 들어가 도중에 두 번쯤 문을 열었다.

올가마리가 눈을 부릅떴다.

어둑한 발밑에 지하로 이어지는 계단이 뻥 뚫려 있었다.

'……이런 곳에 계단이 있었어? 아니, 애초에 여기에 오기 전에, 그런 문이 있었어?'

미리 눈속임용 마술이 걸려 있었을지도 모른다. 그렇다면 자신도 부자연스러움을 느끼지 못할 만큼 고도의 마술이었다.

"시계탑은 지하가 본체라고들 하지……. 물론 영묘 알비온과 비교하면…… 표층 중의 표층. 근년이 되어서는…… 시설은 지상 쪽이 훨씬 많을 게야. ……하지만…… 그래도 지하야말로 시계탑의 본래 모습. ……거기에는 여러 곳의 숨겨진 서고가 있다……."

말하면서 노인이 천천히 내려간다.

올가마리도 그 뒤를 따랐다.

'따각, 따각' 하고 지팡이가 돌계단을 두드리는 소리가 울렸다. 그 소리 자체가 이 지하에 영창한 주문 같았다. 실제로 일부 마술에는 그런 마술식을 쓰는 것도 있다고 아버지에게 배운 적이 있었다.

퍽 긴 계단이었다.

그 건너편에 붉게 녹슨 철문이 있었다.

노인의 지팡이가 두 번 바닥을 두드리자 자동으로 문이 열렸다.

그 즉시 맹렬한 먼지가 날려서 올가마리는 입가를 막았다.

무시무시한 곰팡내였다. 모종의 보존 처리는 하고 있겠지만 그래도 피하지 못할 정도의 시간이 이 자리에 경과했던 것이다. 어쩌면 이런 냄새 자체가 모종의 마술을 구축하고 있을지도 몰랐다.

마술로 『강화』된 올가마리의 시각은 그 내부를 포착했다.

서가, 였다.

흔한 도서관으로는 어림도 없을 만큼 방대한 수의 서가가 거기에 늘어서 있었다.

"이건…….."

"시계탑에 여러 곳 있는 지하 서고에서…… 특별히 옮긴 서책이다……."

노인의 손가락뼈가 끄득 울었다.

서가의 그늘로부터 하얀 그림자가 우뚝 솟았다. 마술에 친밀감이 적은 사람이라면 참지 못하고 비명을 터트렸으리라.

지금 막 노인 곁에 나타나 일어선 것은 인골뭉치였기 때문이다.

뼈^{스켈리튼} 병사, 라고 올가마리는 판단했다. 이 서고를 지키기 위해서 불면불휴의 사람이 아닌 경비병이 선택된 것은 당연한 일이었을 것이다.

동시에 이 서고를 관리하는 것이 강령과의 루프레우스라^{우리피스}는, 가장 큰 증거이기도 했다.

"귀족주의의…… 보물이기도 하지……. 본래는 군주^{로드}가 되었을 때, 공개되는 곳이지만…… 비상시이기에 너는 지금 허락받았다……."

"귀족주의의 군주^{로드}……. 그러면, 엘멜로이 2세도 여기에 안내받은 건가요?"

떠오른 대로 묻자 노인은 순간 허를 찔린 듯이 숨을 멈추었다.

그러고 나서.

"클클."

녹슨 쇠가 마찰하는 것처럼 비웃었다.

"클클…… 클클…… 클클클…… 클클클클클클클…… 그런 일이…… 인정될 리가 있겠느냐. 최소한 엘멜로이의 피를 잇는…… 라이네스라면 또 몰라도…… 그와 같은 비천한 신세대^{뉴에이지}…… 다소 특이한 재능으로 제위(祭位)^{페스}에 발탁될 일은 있어도…… 클클클…… 이 서고에 초대받다니…….”

조금 전에도 엿보인, 강렬한 차별의식의 발로.

하지만 올가마리도 이것을 전적으로 부정하지는 못했다. 자신도 그런 환경 아래에 나고 자랐으며, 필시 그 인과를 자손에게 물려주게 될 것이기 때문이다.

어느 정도의 괴로움을 눌러 삼키고 소녀는 다시 노인에게 물었다.

“이 서고에서, 무엇을……?”

“……서고에서 할 일이야 당연히 조사지.”

노인이 턱짓하자 아까 뼈 병사가 앞장서서 인도하기 시작했다.

아틀라스원의 기록매체 같은 것으로, 서고의 자세한 내역은 이 뼈 병사가 기록하고 있을 것이다. 방대한 책장 사이를 누비며 당연하다면 당연하지만, 일절 헤매는 일 없이 두 사람을 안내한다.

화륵, 화륵, 하고 걸음걸이에 맞추어서 푸른 불이 벽에 켜졌다.

오랜만에 나타난 주인과 그 동배를 환대하는 것 같기도 했다.

그 도중에 노인이 입을 열었다.

“설마 경계기록대라는 이름을…… 들을 줄은 몰랐어……. 그 영위(靈威)가…… 이 런던에서 휘둘러질 줄도…….”

거기서 말을 끊고 노인은 희번덕거리며 시선만을 돌렸다.

"마리스빌리의 말은…… 들은 적이 없었나……."

"아버지께선, 아무 말씀도……."

엄밀하게 말하면 올가마리는 경계기록대—— <ruby>페이커<rt>고스트 라이너</rt></ruby>라고 소개한 그 서번트와 만나고 교전까지 마쳤다. 그러나 이 자리에서 그러한 설명을 할 필요는 없다고 판단했다.

"그런가……."

"무언가, 아버지와 동일한, 짚이는 곳이 있으신가요."

"……아니."

노인은 입을 우물거렸다.

"어쩌면, 케이네스라면 보았나……?"

"무슨 말씀이신가요."

소녀가 물어보려던 순간에 뼈 병사가 정지했다.

서가의 숲이라고나 해야 할 이 지하에서도 특히 필설로 형용하기 어려운—— 단순한 마력 따위가 아니다. 일종의 밀도가 짙은 한구석이었다. 꽂힌 한 권 한 권이 우선 백 년 이상은 경과했을 것이다. 어느 것이나 당연히 현대 같은 인쇄가 아니라 당시 인간이 남긴 육필인 것이 엿보였다.

"……이것이다."

노인이 뽑아낸 서책은 다른 것보다 약간 먼지층이 얇게 느껴졌다.

훅 숨을 불자 날려간 먼지 아래에 어느 이름이 적혀 있었다.

"······조르켄?"

"그래, 마키리 조르켄이라고 하지."

모르는 이름이었다.

어감으로 보건대 북유럽이나 동유럽 어디일까. 소녀는 춥고 어두운 나라를 떠올렸다. 그 엄혹한 환경에 버텨낸 사람들은 무시무시한 눈보라도 날려버리는, 명랑한 극기심을 손에 넣곤 했다.

"수백 년도 전, 시계탑에서 어느 신비를 조사하고 있었다는, 몽상가 마술사의 기록이다."

절절한 감정을 담아 로드 유리피스는 거론했다.

2

전철과 버스를 환승해서 두 시간 정도 거리였다.

이 주변까지 오면 경치는 싹 달라진다. 큰 도심은 아무튼 간에 극히 소규모의 길거리 등은 초원이나 숲 사이에 뜨문 뜨문 끼어 있는 느낌이다.

스승님이 내린 곳은 그런 작은 마을의, 시골티 나는 역이었다.

거기서 지도와 간판을 보며 십여 분가량 걸었을 때, 목적지에 도착했다.

꾸벅꾸벅 낮잠을 자던 접수 담당 노파와 몇 가지 말을 나누자 바로 진찰실로 안내해주었다.

비스듬히 햇빛이 비치는 하얀 병실이었다.

희미하게 소독약의 자극적인 냄새가 난다. 오늘은 환자가 오지 않았는지, 우연히 휴식 시간에 도착한 셈인지, 간호사를 포함해서 다른 인영은 보이지 않는다. 부드러운 클래식을 틀고 있는 것은 주인의 취미일까.

"여어, 당신이 손님이십니까."

기다리는 사람은 그리 기다릴 것 없이 나타났다.

슬슬 환갑에 접어들까 싶은 장년의 의사였다. 머리카락 절반가량이 하얗게 색을 잃었고 백의의 가슴 주머니에는 노안경을 꽂고 있다.

"처음 뵙겠습니다, 미스터 클로드."

스승님이 일어나서 인사했다.

온화하게 보이는 얼굴에 웃음을 띠며 악수를 하고서 의사는 자기 의자에 앉았다.

"듣자니 일부러 런던에서 취재하러 오셨다던데요."

"아뇨, 그건 잘못 들으셨습니다."

"음, 무슨 말씀이신지?"

미간의 주름이 깊어진 의사에게 스승님은 상냥하게 웃으며 기묘한 소리를 입에 담았다.

"그야, 처와 당신은 오랜 친구이지 않습니까. 오랜만에 쌓인 이야기라도 하자고 생각했어요."

물론 스승님과 의사는 초면이다.

애초에 처음 뵙겠다고 인사한 것은 스승님 쪽이지 않은가.

그러나.

"……음, 아아, 그랬었지."

다소 멍한 기색으로 의사가 수긍한 것이었다.

"어."

내가 무심코 소리를 내자 스승님은 입술에 검지를 대었다.

"쉿…… 지금 그건 내 암시야."

"스승님의, 암시."

솔직히 의사의 대답보다 더 깜짝 놀랐을지도 모르겠다.

타인의 마술의 해체라면 몰라도 스승님이 이렇게나 정상적인 마술을 쓰는 것은 꽤 오랜만에 보았기 때문이다.

"아쉽게도 어차피 내 마술이다 보니. 심도는 극히 얕은 수준이지. 조금 앞뒤가 맞지 않으면 바로 풀릴걸."

표정으로 내가 하고 싶은 말이 전해졌는지 실로 불편한 기색으로 스승님이 답했다. 못하는 과목의 득점을 지적받은 어린아이 같은 표정이기도 했다.

눈앞의 의사가 고개를 까닥 기울였다.

"왜 그래?"

"아뇨, 신경 쓰지 마시기를. 이쪽은 제 조수라서요."

"하하하, 그런가. 자네도 그런 나이가 됐나."

스승님이 건 암시에서 스승님은 어떤 입장이 된 것일까. 나이 차이가 나는 친구지간이라는 것은 다소 드라마 같지만, 의외로 약간 설정에 무리가 있는 암시 쪽이 통하기 쉬울지도 모른다. 암시에 관한 강의는 받았지만 이런 쪽의 자세한 내용은 안개 속이다.

깍지를 고쳐 끼고 스승님이 이렇게 물었다.

"그래서, 접수처에도 이야기했습니다만 30년 전의 환자를 기억하고 계십니까."

"……음, 물론 기억하지."

어딘지 멍한 느낌으로 의사는 끄덕였다.

"그는 현재 하트리스라고 이름 대고 있습니다만."

"──어."

알고 있었는데 무심코 숨을 삼키고 말았다.

'……이것이 아트람 씨가 말한…….'

전철 안에서 스승님이 했던 말을 떠올렸다.

『하트리스는 예전에 요정과 접촉했어.』

아트람이 보낸 봉투 뒷면에 적혀 있던 것은 닥터 하트리스에 관한 정보였다.

그것도 본래 뒷면만으로 충분할 정보량이 아니었다. 마력으로 떠오르게 한 이유는 거기에 적힌 문자가 의사적인 마술식이 되어 아트람이 조사한 수많은 정보를 정리해서 스승님의 마술회로에서 재생하기 위해서였다.

이른바, 콤팩트 디스크조차 웃도는 마술의 기록매체라고 할 수 있을 것이다.

과학과 마술을 융합시키는 데 기피감이 없던 아트람다운 발상이었다.

『이젤마의 비밀 경매에서는 보리수 잎을 빼앗겼지만, 덕분에 알아낸 점도 있었지. 아아, 여러 명을 사이에 끼워 입찰해서 충분히 숨겼을 작정이겠지만 나의 토지에서는 모래먼지에 모습을 감추는 거야 당연해서 말이지. 그럼에도 메마른 바람의 흐름 하나, 희미한 냄새 하나로 밝혀내야 할 만큼은 끈질긴 기질도 연마돼.』

만약 이 자리에 아트람이 있었다면 그 의기양양한 표정까지 보일 것 같았다.

물론 여기까지라면 우리도 알고 있다. 하트리스가 처음 나타났을 때부터 현대마술과의 전 학부장은 요정에게 심장을 도둑맞은 소문이 있다거나, 그런 이야기를 멜빈이 했었기 때문이다. 서번트 이외에 발휘한 몇 가지 이능도 그런 경력에 유래한 힘이겠거니 추측은 했었다.

그것은 예를 들면 현대에서 보구를 위탁받은 나와 비슷하게.

『그래, 너도 여기까지는 알고 있겠지. 하지만 뒤바뀐^{체인즐링} 아이의 문제란 결국 그들이 돌아왔을 때야 비로소 발생해. 어느 뒤바뀐^{체인즐링} 아이가 현실에 돌아왔을 때, 그는 요정의 축복을 받게 되었다고 하지. 마술협회에서도 특별시되어 그 아오자키 토코보다 먼저 극동의 땅에서 나타난 천재라는 말을 듣던 마술사의 이야기지만.

하트리스의 경우는 어느 의사가 숨겼던 모양이야. 물론 자세하게 조사하기 전에 나는 이쪽에 오게 되었고, 성배전쟁 전에 쓸데없는 덤불에 손을 쑤셔 넣고 싶지는 않았으니 일단 조사를 중단했지만.』

그것도 아트람 입장에서는 자연스러운 생각이었을 것이다.

실제로 덤불을 들쑤신 결과, 성배전쟁 전에 하트리스를 적으로 돌릴 가능성도 존재했으니 행동으로서 옳았다고도 할 수 있다.

『너라면 어떠한 견해를 떠올릴 수 있을지도 모르지. 의사의 주소를 전해두겠어. ——이상으로 너에게 얻은 위락의 성의 표시로 삼겠다.』

그것으로 정보는 끝났다.

그래서 우리도 전철과 버스를 갈아타며 이 의원에 당도한 것이었다.

잠시 간격을 두었다가 의사가 입을 열었다.

"자네라면, 상관없을까."

그 말과 함께 살짝 끄덕였다.

하얘진 속눈썹으로 몇 번쯤 눈을 깜빡인 뒤에 아련한 시간을 이야기한다.

"당시의 나는 이상에 불타는 젊은이였어. 돌아가신 아버지는 그런 나를 곧잘 꾸중하셨지. 하지만 결국 그런 나이기에 후송된 환자를 받아들였을 때, 아버지는 어서 여유가 있는 다른 병원에 맡겨야 한다고 완고하게 반대하셨어."

눈을 가늘게 뜨고 의사가 말했다.

"그러나 나는 결국 그를 입원시켰지."

난감해하는 어조에서 옛날의 의사가 보인 느낌이 들었다.

마땅한 꿈에 고집하여 그 실현에 전력을 다하려던 젊은 이. 누구나 그런 시기는 있을 것이다. 우연히 기회가 주어졌다면 누구나 실현하고 싶다고 소원하는 것은 아닐까.

"그 환자가 발견되었을 때는 상처투성이여서 말이야. 살아있는 것이 신기할 지경이었지. 게다가 상처는 의외로 금방 아물었지만 한 가지 큰 문제가 있었어."

"문제라면? 예를 들어 심장이 없었다거나."

"음."

의사가 입을 다물었다.

"그 얘기를, 어디서 들었지?"

"자세한 사정은 양해를 바랍니다만, 그 자신이 그렇게 이야기했기 때문입니다."

스승님의 말에 의사는 잠시 고민하는 표정을 짓다가 입을 열었다.

"그래, 다른 병원에 어떻게 옮길 수 있겠나. 맥은 있어. 피도 흐르고. 하지만 말이야, 어떤 기기를 써도 심장이 보이질 않아. 마치 꿈이라도 꾸는 것 같더군. 심지어 그런데도 통증은 있는지 때때로 가슴을 부여잡고 몸부림치고 있었어. 지금 막, 누군가에게 심장을 찔리고 있는 것 같다며. 흥, 그런 그가 하트리스라고 이름을 대다니, 조금 과하군."

의사의 말이 진찰실에 술술 흘러나온다.

심장을 빼앗겼다. 분명히 하트리스는 그런 말을 했었다. 마안수집열차에서 칼을 부딪쳤을 때, 이렇게 속삭인 것이다.

──『허수 속성과는 다르지만 저도 비슷한 짓을 할 수 있거든요. 이 심장 대신에.』

요정의 저주.

아트람의 말을 떠올린다.

"뒤바뀐 아이에서 비롯된 현상이야."

스승님이 말했다.

"뒤바뀐 아이. 혹은 *카미카쿠시."

중얼거림은 진찰실의 하얀 바닥을 기었다.

강의라기에는 짧으며, 그러나 확고한 통찰에 뒷받침된 말이었다.

"극동에는 우라시마 타로라는 이야기가 있다나 보지만, 그것은 전형적인 카미카쿠시야. 납치된 인간은 시대도 장소도 다른 어딘가로 끌려가지. 하트리스가 어디서 왔는지, 아는 이

---

*인간이 행방불명된 상황을 신의 소행으로 여기는 일본의 표현.

는 본인과 납치한 요정 정도일 거야."

스승님의 말에 나는 어째선지 저녁놀의 색깔을 상상했다.

황혼의 시간. 누가 누구인지도 알 수 없을 만큼 세계가 한 가지 색으로 물든 시간.

아득한 끝자락에서 찾아온 누군가. 친구라곤 없는 이향의 땅에서 심장마저 잃고—— 그 대신 그는 무엇을 얻은 것일까.

"요정이란 게, 진짜로 있는 건가요?"

"소위 환상종이나 마술사의 사역마에도 비슷한 것은 있다만, 진실된 의미로 요정이란 아직 우리도 전모를 파악하지 못한 신비라네. 어떻게 보면 신대 마술 이상의 수수께끼일지도 모르지. 여하튼 아서 왕에게 엑스칼리버를 내린 것도 호수의 요정이라고 할 정도니까."

그 이름은 내 심장을 찔렀다. 몇 번을 들어도 잊을 수 없는 —— 잊을 턱이 없이 이 몸 깊은 곳까지 새겨진 운명의 이름.

멍한 채로 의사는 말했다.

"그러나 그것도 3주일 정도였을까."

"3주일?"

"……맞아, 왜 잊고 있었던 거지. 그는 그 3주일쯤 뒤에 사라졌었어."

"사라졌다고요? 무슨 말씀입니까."

"그래, 공기가 맑은, 겨울 아침이었지. 깨끗하게 종적을 감추고 말았거든. 거기 침대 시트가 곱게 개어져 있었어. 내가 보았던 것은 환상이 아닐까 싶을 만큼 깨끗했지."

"……시기는 맞아."

턱에 손가락을 짚고 스승님이 중얼거렸다.

"하트리스가 시계탑에서 활동하는 것은 이 몇 개월쯤 뒤야. 아마도 카미카쿠시의 소문을 주워들은 널리지 경이나, 경과 친한 누군가가 하트리스를 지원한 거겠지."

"널리지 경, 말인가요."

"전에 이야기한 적이 있었을 텐데. 닥터 하트리스는 널리지 경의 양자야. 널리지 경은 시계탑에서 소위 키다리 아저씨로 그의 양자라는 사실은 상당한 이름표로 기능해."

확실히 들은 적이 있었다.

현대마술과가 널리지라고 불리는 것도 그의 일족에게 지원을 받아 설립되었기 때문이라고.

"그래서, 아다시노 히시리의 의붓오빠에 해당한다고도 말했었죠."

"그렇지. 법정과까지 포함해서 널리지 경의 양자는 시계탑의 다양한 조직에 퍼져 있어. 물론 그렇다고 해서 달리 뒷배도 없는 마술사가 메인 학과의 학부장까지 맡은 예는 거의 전무에 가깝겠지만 말이야. 자고로 현대마술과가 아니라면 생기지 않을 기적이라고 해도 돼."

스승님의 말은 본인에게 못을 박는 것 같았다.

현대마술과가 그만큼 경시받고 있다는 이유도 있을 테고,

스승님이 처한 지위가 언제 빼앗겨도 이상하지 않을 정도의, 불안정한 것이라는 의미이기도 하다.

새삼 스승님이 의사를 쳐다보며 이렇게 질문했다.

"곰곰이 떠올려 보십시오. 무언가, 그가 입원하던 중에 별난 사건은 없었습니까."

"별난, 사건?"

공허한 표정으로 의사의 눈동자는 허공을 헤맸다.

어째서 잊고 있었느냐고 의사는 말했다. 그렇다면 당시 시계탑에서 모종의 기억 처리를 받았을 것이다.

"내 마술이 더 버젓하다면 시계탑이 처리한 기억의 밑바닥부터 파낼 수 있을지도 모르지만. ……지금은, 그의 자력에 걸어볼 수밖에 없어."

스승님의 옆얼굴에 초조의 빛깔이 붙어 있었다.

가까스로 잡았다고 여긴 단서가 손가락 틈새로 흘러나가는가.

이윽고.

"……맞아."

의사는 중얼거렸다.

"아마, 응, 맞아. 그때는……."

의사의 손가락이 답답한 듯 공중을 맴돌았다. 먼 옛날에 까먹고 두고 간 무언가를 되찾으려는 것처럼. 이윽고 그 손가락은 다른 어딘가가 아니라 자기 얼굴에 당도했다.

"맞아……. 눈이 보이지 않게 됐었어……."

"눈이? 그건, 하트리스가?"

"아니, 나 말이야. 당시 괴질에 걸렸는데, 부정기적으로 눈앞에서 모든 것이 사라지는 거야. 암흑이 아니야. 그냥 단순히, 보인다는 감각 자체가 사라져. 생각해보면 그래. 지금의 우리에게 등 쪽이 보이지 않으니 배후가 암흑이라고 인식하지는 않잖나. 불과 십여 분 정도지만 무언가 뇌의 병에라도 걸린 게 아닐까 전율했었지. 더군다나 아버지와도 반목한 직후라 좌우지간 바빠서 말이야. 결국 다른 병원에도 못 들렀지.

그것이, 그가 걱정스럽게 등을 만져주면 낫지 뭔가. 깜짝 놀라서 뒤돌아봤더니 아주 기쁜 눈치로 웃더군. 아아, 그가 웃는 모습을 본 것은 그것이 처음이지 않을까. 이후는 한 번도 증상이 없었어. 그 뒤로는 자주 대화를 나누게 됐지. 책의 취향이 잘 맞았거든. 오래된 SF를 권하니 탐닉하듯이 읽고서는 나와 감상을 주고받았어. 아시모프의 로봇 3원칙이나, 하인라인이 두 번째 아내와 결혼한 뒤의 작품에 관해서 자주 의견을 나누었지. 정신이 들고 보니 한 시간 가깝게 대화에 몰두하곤 그랬어. 아아, 우주비행사가 되고 싶던 건 당시로 봐도 몇십 년이나 옛날이지만 그런 기분을 떠올렸지."

"……."

스승님은 그 한 마디 한 마디를 사제의 신탁처럼 차분한 표정으로 듣고 있었다.

그 뒤로 조금만 더 대화를 나누고서 의사가 작게 한숨을 쉬었다.

"어떤가? 어떻게든 기억나는 대로 떠올려 봤는데."

"……감사합니다. 큰 도움이 되었습니다."

고개를 숙이고 스승님은 살며시 의사의 어깨를 건드렸다.

"피곤하시지요. 죄송합니다."

"별일 아니야. 오랜만에 자네와 대화할 수 있어서 즐거웠어."

그렇게 말하면서도 기억을 더듬는 것은 상당한 체력을 썼는지 의사는 의자 등받이에 기댄 모습이었다. 커튼 틈새로 새는 햇살이 그의 손 주름을 한 가닥씩 비추고 있었다. 과거 이상에 불타던 젊은 의사가 노령에 접어들 때까지 새겨진 나이테였다.

"그는, 행복하게 지내고 있을까."

의자에 깊이 앉은 채로 시선을 든다.

"오래도록 잊고 있던 내가 말하는 것도 뭐하지만, 착한 청년이었어. 본인이 훨씬 더 괴로울 텐데 항상 내 걱정을 해주었지. 자네가 괜찮다면 내 조수를 해주지 않겠냐고 농담도 하곤 그랬어. 맞아, 그래 주었더라면 내 인생도 조금 더 변했으려나."

"저는, 그 사람의 인생에 관해 뭐라 할 수는 없습니다."

스승님은 서두를 깔았다.

"하지만 그 사람의 말을 소중히 여기던 제자들은 있던 모양입니다. ——당신의 인생을 가장 빛나는 것에 바치라는."

——『당신의 인생을 가장 빛나는 것에 바쳐라.』

비해해부국 시설에서 캘루그는 그렇게 말했었다.

예를 들면 그 캘루그가 처음부터 하트리스를 배신하였으며, 끝내 하트리스에게 살해당했다고 해도.

"정말로?"

의사의 입술에 미소가 서렸다.

"아니, 그건 내가 그 친구에게 한 이야기야. ——할 일이 없다는 그 친구에게, 그렇다면 자네는 빛나는 것을 찾으면 된다. 그리고 인간은 스스로 찾아낸 빛나는 것에 인생을 바쳐야 마땅하다고."

기쁜 듯이 백의의 가슴을 눌렀다.

그에게 빛나는 것은 거기에 있는 것일까. 어쩌면 지금 스승님의 말로 한때 잊고 있던 빛을 찾아냈을지도 몰랐다.

"그렇군, 제자라. 그 친구에게 제자가 생긴 건가. 그래, 그건 기쁜걸. 아니, 이 나이 먹고 기쁜 일이 정말 있기는 하군."

순박하게 의사가 웃었다.

그 웃음을 마지막으로 우리는 진찰실에서 물러났다.

3

진료소를 나올 무렵에는 노을의 색이 깊어져 있었다.

런던에서 멀리 떨어진 탓에 오래된 건물과 초원이 하나로 엮인 거리의 경치를 핏빛이 물들인다. 멀리서 종소리가 들리는 것은 광장의 교회 쪽이리라. 아마도 이 토지의 아이들은 이 종을 들으며 자기 집으로 돌아갈 것이다. 아이들의 집에서는 따뜻한 저녁 식사의 준비가 되어 있고 오늘은 이렇게 놀았다. 누구랑 놀았다고 시시한 대화를 나누리라.

뒤바뀐 아이인 그 또한 이런 시간에 나타난 것일까.

어디로 돌아가기 위해서?

어째선지 아주 약간, 울고 싶어졌다.

가슴을 살짝 누르며 참고서 스승님에게 물었다.

"단서가, 되었나요?"

"그래, 몇 가지 이야기는 크게 참고가 되었어."

끄덕인 스승님이 석양에 실눈을 떴다.

"하지만 가설까지는 세울 수 있어도 추측에 추측을 거듭한 발상이야. 도저히 의지하며 움직일 만한 것이 아니야."

"스승님만 괜찮으면 언제든 말씀해주세요."

억지로 답을 들으려는 생각은 없었기에 그렇게 말했다.

고작 반년뿐인 관계지만 스승님의 됨됨이는 알고 있다. 딱히 완벽주의자는 아니니까 완벽한 추리에 이르지 않아도 우리에게 유용한 정보라 여기면 가르쳐줄 거라는 확신이 있었다.

"……아마, 조금만 더 하면 돼."

스승님이 말했다.

"내내 동굴 벽을 긁고 있는 느낌이군. 조금만 더 하면 건너편에 구멍이 뚫리는데, 그 순간까지 모르는 거지."

입술을 깨물고 짜증스럽게 관자놀이를 할퀴었다.

"조금만 더 하면…… 진상까지는 아니어도 아마 그 근처까지 도착할 거야. 그, 한 번의 손길이, 아득해……."

"스승님."

"……아니, 괜찮네."

고개를 내젓고 코트 주머니에 넣은 손이 바로 나왔다.

거기에 넣은 손이 내용물을 건드린 모양이었다. 나온 손가락은 낡은 화폐를 끼우고 있었다.

"스타테르 금화인가."

그렇게 중얼거렸다.

"슬러에서도 그 금화 얘기를 하셨었죠. 조사하신 적이 있나요."

"이전부터 갖고 싶었지만 손이 닿지 않았지. ……그거야 아무튼, 그리스 주변의 문화에는 다양한 스타테르 금화가 유행했는데 말이지. 이스칸다르 것은 유독 인기였어. 화폐 경제에 관해서도 이스칸다르는 동서양을 연결했다고 해도 돼. 그 위대한 왕은 그가 정복한 지역에서 이른바 신앙의 대상이기도 했네."

"아하…… 신앙인가요."

"신앙이고말고."

적지 않게 부러운 듯이 스승님은 금화를 들었다.

여러 번 뒤집어 관찰하면서 말을 거듭했다.

"화폐는 가장 오랫동안 현대까지 이어진 신앙이야. 그 신앙의 세월과 두터움은 강의할 필요도 없겠지. 여하튼 현대 사회는 화폐라는 가치에 바치는 신앙으로 성립되어 있어."

그것은 말할 필요도 없다.

자본주의 사회만이 아니라 기나긴 세월 인류의 사회는 화폐라는 것에 대한 신앙으로 성립되어 있다. 돈이야말로 인류 최대 규모의 마술이라고도 할 수 있다는 것은 샤르댕 옹의 말이었을까.

"그렇다면 이런 것을 미궁에까지 가져가서 어쩌려는 것일까요."

"흠."

무덤덤하게 한쪽 눈을 좁혔다가 금세 스승님이 앵무새처럼 중얼거렸다.

"금화를…… 미궁에……?"

어째선지 그 말에 반응한 것이다.

잠시 중얼중얼, 미궁, 미궁하고 되풀이하다가 빠르게 빙글빙글 원을 그리고 걸으며 긴 머리카락에 손가락을 집어넣었다. 입술을 깨물고 시선을 발밑에 고정시키다가 곧 이렇게 외쳤다.

"그래! 영묘 알비온은 미궁이지 않나!"

"……어, 저기, 그건 그렇다고, 생각하는데요."

너무나 당연한 사실이다 보니 그 말밖에 할 수 없었다. 시계탑 지하에 숨은 대미궁. 옛 용이 지하에서 죽음에 이르러 주검이 그대로 미궁으로 변했다는, 마술협회의 주춧돌로서도 규격 외의 장소.

"자네에게도 이야기했을 테지. 원래 미궁이란 마술 그 자체야. 미궁을 돌파한다는 것은 일종의 통과의례^{initiation}다."

"으, 으음. 미궁은 미로와는 다르다. 미궁의 안쪽에서 만나는 것은 또 하나의 자신이라는 이야기 말인가요."

알비온 이야기를 처음 들었을 때, 그런 복습을 스승님과

했었다.

나에게 고향 지하에서 만난 또 하나의 나는 그야말로 미궁이어야 가능한 필연이었다고. 한 번 자신이 죽고 재생하기 위해서, 그 고향으로 돌아가야만 했었다고.

──『그 고향은, 그야말로 자네에게 해당하는 미궁이었어.』

그것이 벌써 먼 옛날로 여겨졌다. 알비온의 이야기를 들은 것은 불과 며칠 전인데, 이 시간에 어느 정도의 사건이 들어차 있었는지.

"그렇다면 나의 왕에게 하트리스가 무엇을 하려는 것인지는 명확해. ……아아, 그렇지. 왕의 그림자인 페이커를 데려가서 알비온이라는 대미궁에 들어가는 이상 다른 건 없어."

"무슨, 뜻이죠?"

대답은 없다.

스승님은 오로지 자문자답만 되풀이하고 있다.

"젠장, 왜 지금까지 깨닫지 못했지. 하트리스는 현대마술과의 학부장이란 말이다. 그렇다면 가장 뛰어난 마술은 명백해. 나와 전혀 다른 전문 분야로 이스칸다르를 소환하려고 한다면 목적은 한정되기 마련이잖아. 현대마술과인 이상, 사용하는 술식은 극도로 전문화하지 않아. 오히려 그러기 위해서 필요한 것만을 에미야의 술식처럼 외부에서 준비해왔지. 정말이지 지긋지긋할 정도로 낭비가 없어."

불안의 구름이 가슴에 낀 것은 그 모습이 이스칸다르 소환을 깨달았을 때와 비슷했기 때문이다.

날카로운 지성 때문에 고스란히 하트리스의 함정에 걸려든 그때하고.

그렇다면, 이번에는 어떻게 되는가.

또다시 하트리스의 함정이 기다리고 있는가. 아니면 이번에야말로 스승님의 추리가 상대의 심장을 물어뜯는 것인가. 잃어버렸을 심장을.

"윽——!"

스승님의 몸이 가늘게 떨리기 시작했다.

그것은 스승님이 자신의 두 어깨를 눌러도 그치지 않으며 마른 몸을 송두리째 훑는 불꽃처럼 번져갔다.

"스승님?"

"······두 번째, 와이더닛이야."

"와이더닛?"

여기서 스승님이 그 단어를 꺼낸다는 말은 줄곧 고민하던 사건의 수수께끼에 한 가지 답을 낸 것인가.

"하트리스의, 목적을 알아냈어."

갑작스러운 선언에 내가 아연히 눈을 부릅뜨자 스승님은 한 손으로 얼굴을 가렸다.

마치 별 의도 없는 계산 결과에서 거대 운석이 지구에 충돌할 거라 깨달은 듯한 눈빛이었다.

"하지만 왜지. 왜 그럴 필요가 있지? 아니, 확실히 마술사로서는 한 가지 정답이야. 하지만 그래서는 너무나 단순한 정답일 뿐이야. 그 아오자키 토코도 그런 단순한 정답은 코웃음을 치겠지. 우리가 추구하는 것은 그런 것이 아니야. 아니었을 거야. 애초에 하트리스의 공범자가 관위결의^{그랜드 롤}에 있다 치고, 그 공범자도 이 목적을 이해하고 있는 건가?"

어디를 보지도 않으며 중얼중얼 빠르게 떠들고 있었다.

스승님의 사고가 지나치게 앞서갈 때의 증상이었다. 이 사람의 정신의 궁전이 가속하여 다른 세계를 팽개치고 있다.

어떤 것이지.

어느 쪽이지.

이번에야말로 스승님은 하트리스를 따라잡은 것인가. 아니면 이번에야말로 회복하지 못할 만큼 하트리스에게 타격을 받은 것인가.

"스승님."

부름에 간신히 스승님의 눈이 움직였다.

"무슨, 뜻이에요?"

"……"

잠시 스승님은 침묵했다.

자신이 이른 결론을 재연산하고 있다──기보다 받아들이기를 아직도 주저하는 듯했다.

"어디까지나 현 단계에서 내가 한 추측이 옳다면 말이지만."

신중하게 말을 가리면서 스승님이 설명했다.

"하트리스는 영묘 알비온을 이용해서, 현대 마술사의 존재 방식을 깡그리 바꿔버리려 하고 있어."

썰물 같이 빠져나가는 붉은색 속에서 우리는 그저 우두커니 서 있었다.

＊

마천루의 레스토랑에서도 석양은 거의 저물고 있었다.

그 밖에 손님은 눈에 띄지 않는다. 런던을 한눈에 조망하는 호텔 최상층의 뷰는 평소 1년 뒤까지 예약으로 메워져 있지만, 오늘만은 불과 몇 명의 손님을 위해서 비워졌다.

특히 마주 본 노파와 장한.

요컨대 로드 밸류엘레타——이노라이와.

로드 트란벨리오——맥다넬이었다.

메인의 한 접시를 마치고 냅킨으로 입가를 닦은 노파가 짧게 품평했다.

"요리는 맛있지만 안정성이 없군."

"이거 엄격하십니다."

이노라이의 발언에 맥다넬이 웃었다.

보는 이를 매료하는 쾌활한 웃음이었다. 한 번 보았다면 누구든 다시 한번 보려는 생각이 드리라. 그것도 가능하다면 자신이 이 사람을 웃게 하고 싶다고. 그 또한 사람 위에 서는 이의 자질 중 하나였다.

반면에 이노라이는 차가운 표정으로 이렇게 받아쳤다.

"이건 타깃 문제야, 맥다넬. 새로운 것은 항상 훌륭해. 작금은 받아들이는 것이야말로 예술이야. 하지만 이건 미식을 자주 먹는 사람에게 지나치게 맞추었어. 진화가 돈이 남아도는 귀족부터 일어나는 것은 당연한 일이지만 그것만으로는 시간이라는 세로축은 충족해도 경험한 인원이라는 가로축은 부족해."

와인을 들고 이노라이가 느릿느릿 이야기했다.

따분하다는 표정으로 맥다넬은 우람한 어깨를 으쓱였다.

"뭐, 말씀대로긴 합니다. 로드 밸류엘레타는 다수가 받아들이는, 알기 쉬운 엔터테인먼트를 바라십니까."

"민주주의파라는 것은 그런 것이지 않나. 물론 다수주의라는 것과 이퀄로 어리석은 대중에 타깃을 맞추고 싶은 것이 아니야. 그러나 그들도 기꺼이 받아들이지 못해서야 의미가 없지. 우리는 시시한 영합이 아니라 더 당연하게 이겨야 해. 안 그래? 재미없는 방식으로 이기는 왕에게 누가 따라오고 싶겠어."

"참으로 엄격하시군요. 대중에게 필요한 것은 오락이 아니라 유도가 아닌가 싶은 게 제 생각입니다만. 멜빈 군은 어떤가."

"대만족하고 있지요. 아까 그, 가리비에 무화과 에스푸마를 사용한 구이는 근사했습니다."

마지막 한 명. 멜빈 웨인즈가 솔직하게 상찬했다.

민주주의의 군주(로드) 두 명 사이에 끼어서는 천하의 병약 조율사도 그다지 까불지 못하는 모양이다.

"미안하지만 가져온 위스키를 들겠어."

"물론 내키시는 대로. 로드 밸류엘레타."

"그리고 다른 사람도 없으니 옛날처럼 미즈 이노라이라 그래. 소름 끼쳐."

"하하, 이거 실례. 그러면 미즈 이노라이."

털털하게 웃고 맥다넬은 다른 화제를 꺼냈다.

"그런데 조금 전 현대 마술사의 자세 이야기가 나왔습니다만, 예를 들어 마술사 사이의 결투는 어떻게 생각하시는지요?"

"어떻게고 뭐고 없지. 시계탑에서는 장려하고 있어. 시대착오적이라고는 생각하지만."

쭉, 하고 강한 이탄(泥炭)의 향을 풍기는 위스키 잔을 기울인다. 스코틀랜드보다 더 서쪽. 헤브리디스 제도 최남단에서 만들어지는 아이라 몰트 위스키를 노파는 애음하고 있었다.

이 말에.

"저는 아주 필요하다 봅니다."

맥다넬의 눈은 의지의 농도를 높였다.

"신세대까지 포함하면 더더욱. 절차탁마한 끝에야말로 과거 우리가 다다르지 못한 경지가 있을지도 모릅니다."

"그러니까 죽고 죽여야 한다고? 가뜩이나 멸종위기종인 마술사가 말인가?"

어이없다는 듯이 이노라이가 말했다.

맥다넬은 바위와도 같은 몸을 쑥 내밀었다.

"시험 삼아 한번 해보겠습니까? 40년 정도만이지요?"

"불필요한데 생명의 위험을 무릅쓰고 말인가? 이 친구, 설마 관위결의야말로 방해가 들어오지 않을 결투 무대라는 생각은 아닌 거지?"

"하하하."

맥다넬이 경쾌하게 웃자 이노라이는 화제를 바꾸었다.

"닥터 하트리스가 슬러를 습격했다더군."

노파에게도 이미 그 정보가 들어왔다.

"그것은, 요컨대 어필일 테지. 관위결의를 앞두고 과거의 자신을 궁지에 몬 상대에게 압력을 가하기 위한."

시간과 장소는 다를지언정 노파는 엘멜로이 2세의 추리와 같은 말을 거론하고 있었다.

하트리스의 행동 목적. 여태까지 비밀리에 활동하던 마술사가 학술도시 슬러를 습격한다는 대담한 행동에 나선 이유.

"누군가가 하트리스를 궁지에 몰았단 말입니까. 확실히, 그 남자는 10년쯤 전 갑자기 학부장을 그만두고 마술세계의 무대 뒤로 빠졌지요. 그런 행동의 이유는 아쉽지만 제가 아는 바는 없습니다만. 흠, 누군가가 궁지로 몰았다고 치면 이상하지는 않군요."

대단히 유감이라고 호언하듯이 맥다넬이 끄덕였다.

"밸류엘레타에게는 짚이는 데가 없습니까."

"글쎄 모르지."

심드렁하게 노파는 대꾸했다.

"하지만 알고는 있지 않나? 슬러 지하에서 하트리스는 균열을 이용해 영묘 알비온으로 이동했다더군."

그리고 이렇게 말을 이었다.

"관위결의는 영묘 알비온의 지하 깊은 곳—— 옛 심장에서 열릴 거란 말이야."

"흠."

맥다넬이 턱을 문질렀다.

그 말이 맞았다.

관위결의는 단순한 시계탑의 운영회의가 아니다. 아니, 지금에 와서는 그런 자리로 추락했지만 과거에는 열두 명문의 당주를 모아 한없이 별의 내해에 가까운 영묘 알비온의 심부에서 열리는 대마술의식이기도 했다.

"맥다넬 도령. 너는 알비온의 재개발에 의미가 있다고 논했어. 민주주의파는 이쪽에 붙어야 한다고."

이전, 엘멜로이 2세와 회담했을 때, 맥다넬은 그렇게 고했다.

그 때문에 관위결의를 제안한 것이라고.

"그렇다면 그 주장에 충분할 데이터를 슬슬 구경해도 될까?"

"과연, 맞는 말씀이군요."

트란벨리오는 끄덕였다.

"이거면 어떻습니까."

휘릭 손가락을 돌리자 레스토랑 창가에 놓여 있던 천사 인형이 날갯짓했다.

그대로 두 번쯤 공중에 호를 그린 인형은 천천히 테이블에 착지하고 펑 연기를 뿜자마자 서류뭉치로 변화했다.

연극조의 연출이기는 했지만 이노라이는 신경 쓰지 않고 집어서 팔락팔락 관심 없는 듯 그 서류를 넘기다가── 곧 그 표정이 딱딱해졌다.

"맥다넬 도령."

목소리에도 예사롭지 않은 무게가 섞였다.

"이것은, 비해해부국의 서류로군."

"하하하, 지나치게 노골적인 부분은 빼놓았는데 역시 알아보십니까."

"시치미 떼지 말고. 어디서 손에 넣었어? 트란벨리오가 표면의 권력을 써본다고 호락호락 입수할 게 아니야."

비해해부국은 시계탑 안에 있으며 거의 독자적인 활동을 보증받고 있다. 설령 민주주의의 톱이며 3대 귀족 한 축인 트란벨리오라고 해도 그 내부 정보를 쉽사리 엿볼 수 있을 리는 없었다.

"입수 문제야 어떻든 간에 조금 전 제 이야기는 뒷받침되는 게 아닌지."

"……그래, 지상의 시계탑은 알 수 없는, 발굴의 세세한 현장까지 이 리포트에는 기록되어 있어. 예를 들어 채굴도시 근처에서는 크게 발굴량이 줄었지만, 이것이 대마술회로 중층이 되면 거의 이전과 다름없지. 즉, 영묘 알비온의 재개발로 대마술회로의 채굴 루트를 확립하면 19세기와 다를 게 없는 발굴량을 기대할 수 있다는 말이겠지."

서류의 숫자를 검토하면서 이노라이가 말했다.

이 부분의 체크는 익숙해지면 마술회로에 정보를 돌리기만 해도 가능하다. 현대에서도 마술사 대다수가 과학 기술의 진보를 조소하는 이유 중 하나였다. 물론 정밀도나 응용성이 타고난 마술회로나 본인의 재능에 크게 좌우되는 것은 말할 필요도 없다.

"그렇지만 어떻게 손에 넣었는지 알 수 없는 데이터에 어떻게 설득력을 부여할 생각이지? 내 쪽에서 재조사시킬까? 그러면 관위결의^{그랜드 롤} 시간에 맞추지 못하잖아."

"역시나 눈감아주시지 않습니까."

우락부락한 얼굴로 쓴웃음 지은 맥다넬은 몸을 뺐다.

그러지 않으면 이노라이가 발하는 마력의 소용돌이에 사로잡힐 수 있다고 깨달았기 때문일지도 몰랐다.

"조금 전, 마술사 사이의 결투는 유행하지 않는다고 말씀하시지 않았는지."

"불필요한데 할 의미는 없다고 말한 거야. 맥다넬 도령."

오히려 노파의 목소리는 부드러워졌다.

트란벨리오와 마찬가지로 창조과의 군주^{로드}는 3대 귀족의 한 축이기도 하다.

만에 하나 이 두 사람이 체득한 마술로 싸운다면 그것은 시계탑의 정점들이 자신의 파벌을 걸고 투쟁한다는 의미가 되리라.

이노라이의 손아귀에서 사라락 모래가 휘몰아쳤다.

창조과의 군주^{밸류에 로드}가 체득한, 무시무시한 마술의 예조였다.

4

"하트리스는 현대 마술사의 존재 방식을 깡그리 바꿔버리려 하고 있어."

당장에라도 사라질 듯한 어스름에 스승님의 목소리가 울리고 나는 그저 눈만 깜빡이고 말았다.

"——네?"

대체 무슨 말을 하는지 모르겠다.

스승님의 입실제자가 되고서 다양한 믿지 못할 일과 만나왔다. 고향의 시간이 역행했다——고밖에 여겨지지 않던 아틀라스의 7대 병기의 가상공간은 그 전형적인 예일 것이다.

그러나 이것은 성질이 다르다.

어디까지나 한정적이던 박리성 아드라나 쌍모탑 이젤마에 그치지 않는다. 고향의 사건도 최악의 경우 웨일스 지방 전체에 퍼졌을 가능성은 시사되었지만 그것과도 전혀 다르다.

현대 마술사의 존재 방식.

그런 의미로 이만큼 규모가 큰 이야기는 처음이었기 때문이다.

"우리는 근원을 목표로 하고 있지."

여태까지 수도 없이 귀에 딱지가 앉게 들어온 주제를 스승님이 또 언급했다. 그것이 바로 현대 마술사의 최종 목적. 어떠한 희생에도 대가에도 웃도는, 2000년이나 곱씹어온 집착의 끝.

근원이라는 것이 어떠한 것인지 모르겠으나 모든 것의 시작이라고 스승님은 말했다.

그만한 것이니까 시계탑은 온갖 자원을 쏟아부으며, 그야말로 영묘 알비온을 재개발해서라도 소망을 다음 세대로 의탁하고 싶다고 말을 꺼내는 것이 아닌가.

"하지만 그럴 필요가 없어지면?"

"네?"

한 번 더 똑같이 얼빠진 목소리를 내고 말았다.

"저기, 음, 스승님. 무슨 말씀을 하시는 건데요. 분명히 2000년의 비원이라면서요. 신대가 끝나고 현대로 이행한 현재, 우리는 근원을 목표로 해야만 한다고 몇 번이고 하시던 말씀을 들었어요. 그럴 필요가 없어지다니 도저히 불가능한 이유이지 않나요?"

"……."

스승님은 곧장 대답하지는 않았다.

너무나 상정 외의 존재를 목격했기 때문에 섣불리 내뱉기도 저어된다. 그런 인상이었다.

"무슨, 뜻인가요?"

"……재차 말해두지만 웬만큼 자신은 있기는 해도 아직 가설의 범주에서 벗어나지 않았네. 상관없겠나?"

"물론이죠."

"좋아. ……우선 신대의 마술사는 근원을 목표로 하지 않았네. 필요가 없었기 때문이야. 왜냐하면 그들에게 근원이란 극히 친밀한 상대였어."

지금까지 몇 번이나 들은 설명이었다.

현대 마술사는 근원을 좇고 있다. 그러나 신대의 마술사는 그렇지 않았다고.

"예를 들면 페이커가 그렇지."

우리도 아는, 아득한 시간을 넘어서 나타난 서번트.

"우리의 마술은 어디까지나 마술식을 구동시켜 잠시 세계를 속일 뿐인 힘이지만 그들의 마술은 근원 그 자체와 접속된 신령—— 아니지, 당시에는 바로 신 자체로부터 직접 마술을 끌어내는 힘이었기 때문이야."

"아……."

그런 거였나, 하고 생각했다.

여태까지도 몇 번이나 시사된 사실의, 그 발전.

신대의 마술사와 현대의 마술사 사이의 근본적인 차이.

"우리가 한정적으로 세계를 속이는 것에 불과하다면, 그들은 당연한 권리로 세계를 고쳐 쓰지. 신령의 권능이란 그런 힘이기 때문이야. 물론 권능의 조각에 불과하지만 그 차이는 절대적이지. 우리가 10소절 이상의 마술의식으로 일시적으로 세계의 룰을 속이는 것과 표면적으로는 비슷하지만, 그 실태는 완전히 달라. 단계는커녕 차원이 다르다고 해도 되지. 그들은 단 한 마디, 신의 이름을 읊조리기만 해도 세계를 그대로 바꿔버려."

룰의 변경.

전에 같은 이야기를 수업에서 했었지만 10소절에 이르는 심도의 마술은 한정적이나마 세계의 법칙에 영향을 준다고 한다. 예를 들어 '이 자리에서는 중력이 반대 방향으로 작용한다'거나 '이 몇 분 동안만 빛은 달팽이보다 느려진다' 같은 식으로, 심도가 높은 마술은 근간적인 룰에 손을 뻗친다.

그 밖에도 금주(禁呪)로 간주하는 고유결계 등은 비슷한 효과를 가진다고.

"……음, 으으음, 저기, 그게, 잠깐만 기다려주세요."

푸스스, 내 뇌가 타는 소리가 들리는 것 같다.

미궁이나 마안 쪽이 그나마 상상하기 쉬운 만큼 알기 쉽다. 시계탑의 마술은 내 머리로 파악하기에는 지나치게 개

념적으로 느껴진다.

"신대의 마술과 현대의 마술이 다른 것은, 네, 알겠어요. 어렴풋하기는 하지만 알겠다는 느낌이 들어요. 신대의 마술이라면 애초에 근원과 친밀하니까 근원을 찾을 필요가 없는 것도 왠지 모르게 알겠어요. 하지만 그것이 하트리스가 하려는 행동하고 대체 무슨 관계가 있죠?"

"바로 그 부분이라네. 레이디."

한 차례 끄덕인 스승님은 미간에 깊은 주름을 잡았다.

망설임을 집어삼키고 말을 가다듬어 선언했다.

"아마도—— 아니, 이 부분은 거의 틀림없이, 하트리스는 마술사를 위한 신을 만들어내려 하고 있어."

침묵할 수밖에 없었다.

스승님이 하는 말이 너무나도 황당무계하게 들렸기 때문이다.

하트리스의 모략에 빠져서 스승님의 사고가 이상해진 것이 아니냐는 두려움을 밀어 넣으면서 쭈뼛쭈뼛 물었다.

"……그런 일이, 가능한가요."

"가능하고 자시고, 이스칸다르는 원래부터 제우스의 피를 이었다는 전설이 붙어 있네. 나아가서는 역사상의 사실로 이스칸다르를 올림포스 열두 신에 넣으려는 움직임까지 있었지. 원래부터 신화에서는 새로운 신이나 별자리로 올라간 영웅은 적지 않아. 위대한 이스칸다르가 그에 걸맞지 않을 리 없다는 것이지. 이집트에서는 아몬 신의 환생이라고 들은 것은 전에도 말한 대로니까."

스승님의 어조에서는 자랑스러움과 고뇌와 별개의 무언가가 등분되어 배어 있었다.

"아아, 추가로 말하면 상위 존재로부터 신비를 끌어내는 타입의 마술 자체는 지금도 극동 등 몇 군데 지역에서 행사되고 있어. 남은 일은 그에 걸맞게 술식을 조정하는 것뿐이지."

"……."

그쪽은 몸에 와 닿는 감각으로 이해가 되었다.

아마 몇 가지 사건에서 비슷한 사례를 보았기 때문이리라. 더 큰 것에 말을 걸어 세계를 고쳐 쓴다……는 의미로는 그야말로 아틀라스의 7대 병기도 그랬었다.

"하지만 영령을 신으로 만든다……는 그 방법은."

"레이디. 자네가 가르쳐주지 않았나, 영묘 알비온은 미궁이라고."

미궁.

즉, 그것은 조금 전 스승님과 이야기를 나누었던 내용이다. 마술에서의 미궁.

"죽음과 재생의 통과의례^{Initiation}……."

"그거라네."

스승님이 끄덕였다.

"페이커는 그림자의 이스칸다르야. 이것에 마술로서의 미궁을 이용하여 죽음과 재생의 통과의례를 영령에 적용하고. 페이커가 대역으로서의 클래스이며 그녀 자신이 이스칸다르의 그림자인 이상, 이 결과는 당연히 좌에 있는 진정한 이스칸다르와 직결돼."

그런 말도 안 되는 소리가 어디 있냐며 웃어넘기고 싶었다.

그러나 앞뒤는 맞았다. 하트리스가 진정한 이스칸다르를 소환하려 한다, 라는 우리에게 가장 타격을 준 사실이야말로 스승님의 추리의 핵이 되었다. 그런 술식이 성립되지 않는다면 애초에 스승님이 절망할 필요는 없었으니까.

"그리고 페이커를 진정한 이스칸다르에게 가져가는 연장선상에서는 더욱 본질만을 뽑아낸 영기(靈基)가 필요하지. 이른바 영기의 재림(再臨)이라고 해도 되겠군."

"영기의, 재림."

"물론 일반적이라면 이래도 영령이라는 범위에 머무를 테지. 영령으로서의 원초의 힘에는 가까워지겠지만 신령이라는 영역에는 닿지 못해. 아무리 재림을 반복해본들 영령으로서의 한도에 가까워질 뿐. 원래부터 페이커나 세이버 같은 틀에 갇힌 서번트는 영령 전체의 한 측면에 지나지 않아. 그러니까 이스칸다르를 부를 생각은 하더라도 신령화하겠다고는 지금 이 순간까지 생각도 못했었지."

스승님의 말에는 예사롭지 않은 무게가 있었다.

아마도 온갖 가능성을 고려했을 터다. 그러고도 누락되었던 맹점. 가당치도 않다고 처음부터 배제했던 가설.

"신령을 만드는 데 필요한 것은 몇 가지가 있는데 말이야. ……애드, 자네라면 알겠나."

"이히히히! 선생이 나에게 질문을 하다니 상당히 드문 일이잖아!"

내 오른쪽 어깨의 고정구^{hook}에서 새된 소리가 나왔다.

"적절하다 생각했기 때문이다. 자네의 봉인은 요컨대 그런 거겠지?"

"히힛! 그래, 론고미니아드는 단순한 보구가 아니야. 별의 원류에 지나치게 가까우니까. 그런 것을 멀쩡히 봉인도 하지 않고 내내 휘두르다간 그야 사용자가 신령에 가까워질 일도 있지 않을까."

봉인예장인 애드의 의미.

확실히 묘지기 선배로부터 애드라는 봉인이 론고미니아드에는 필요하다고 설명을 들었다. 그것은 단순히 현대에는 론고미니아드라는 신비도 흐려지기 때문이겠거니 생각했지만 그런 의미도 있었나.

"그런데 말이야, 그건 아서 왕이라도 무리였어. 고작해야 10년이나 20년, 아니아니 인간의 수명 범위로 론고미니아드를 휘둘러대봤자 다소 정신구조가 신령에 기울기는 해도 거기서 그칠 뿐이야."

"그렇지. 시간이 부족해."

애드의 말을 스승님이 받았다.

"신령으로 조정하기에는 신앙이니 신기니 하는 것을 받을 만한 시간이 필요해. 사람 사이에 신앙이 스며드는 것이 필요한 것과 마찬가지로 그와 같은 형태로 영기를 조정하려면 아무리 해도 방대한 시간이 들 수밖에 없어."

"시간……."

무언가, 연관된 이야기를 들은 느낌이 있다.

곧 내 뇌리에 극동 어느 나라의 이름이 번뜩였다.

"……아, 그건, 에미야의."

"그래, 봉인지정된 에미야의 마술이야."

하트리스의 공방에서 발견한, 봉인지정 마술.

확실히, 그것은 다른 곳과 격리된 시간의 흐름을 만든다고──.

'……아, 이것도.'

세계의 룰에 영향을 주는 최고위 마술.

따각따각, 퍼즐 조각이 끼워지는 소리가 들린 듯한 느낌이었다. 그것은 일종의 상쾌함과 동시에 개미가 판 구멍 하나로부터 거대한 요새가 무너지는 것만 같은 불길한 예감도 간직하고 있었다.

겨울의, 습한 바람이 분다.

스승님이 시가를 꺼냈다. 시가를 끼우고 불을 붙이려는 손가락이 떨리고 있었다. 그럼에도 가까스로 성공해서 입에 물었다. 담배 연기는 아무것도 모르는 양 저 너머로 흘러간다.

"시간의 문제를, 이 에미야의 봉인 술식으로 해결한다. 그래, 본래는 아득한 시간 끝에 이르러서 근원을 확인하려는 봉인지정의 술식이야. 하물며 영령은 나이를 먹지 않아. 신령의 영역에 이르기까지, 그야말로 거의 무한으로 시간의 부하를 걸 수 있어. 이 별이 언젠가 멸망할 때까지의 50억 년과 비교하면 고작해야 수천 년 시간 압축이야 애들 장난이나 마찬가지지.

그리고 또 하나. 관위결의(그랜드 롤)는 매번 특수한 장소에서 열리고 있어. 다시 말해 영묘 알비온의 중추지."

눈을 부릅떴다.

그거야말로 여태까지 전혀 듣지 못한 소리였기 때문이다.

"이 때문에 관위결의(그랜드 롤)의 기간에만 평소라면 봉인된 둑이 열리지. 관위결의(그랜드 롤) 자체가 원래 일종의 마술의례이며 죽은 용의 심장에서 거행되기 때문이야."

그 이름만 이전 스빈이 그린 그림에서 보았다.

옛 심장.

영묘 알비온의 중추부.

"이 행위로 옛 심장은 다른 예가 없을 정도의 마력에 침범받지. 아마도 하트리스는 관위결의(그랜드 롤) 때문에 마력의 둑이 열리는 것과 동시에 영묘 알비온에서 이스칸다르의 재소환을 시행할 작정일 거야. 지상의 별을 내다볼 수 있는 지저의 관측소. 별의 내해와 지상의 쌍방으로부터 신비의 파동을 받아 잃어버린 용의 마력까지 채워서 한 영령을 신령으로 변환하기에 가장 어울리는 장소."

스승님의 말은 이미 일련의 주문과 비슷했다.

아무리 그래도 그러랴 싶던 사항이 하나씩 방증 및 추리가 쌓이며 구체성(形態)을 띠기 시작한다. 이미 그게 마술이다. 신비를 다루며 상상도 가지 않는 결과를 도출해내는 마술사의 솜씨다.

"그리고 신령이 되면, 조금 전의 화폐가 필요하지."

해묵은 스타테르 금화를 스승님이 들었다. 이미 지평선에서 사라져가던 햇빛이 흠집 난 표면에 반사하여 덧없이 반짝이고 있었다.

"화폐에 의한 경제란 다시 말해 가장 강대한 신앙 중 하나야. 그렇다면 금화를 촉매로 삼으면 극히 단순한 형태의 신앙 형태를 구축할 수 있지. 실로 현대마술다운 사기술이군. 특히 생전부터 있던 이스칸다르 유래의 코인을 사용하면 신령이 된 이스칸다르와 경로(패스)를 잇는 것도 간단할 테고. 하물며 그 하트리스라면."

신앙과 신령.

즉, 신앙으로 신을 만들어내는 본래의 형태가 아니라, 신앙으로 신에게서 힘을 끄집어내겠다는 모독적인 역전.

"이스칸다르를 신령으로 삼으면 이 스타테르 금화는 그 신과 마술사를 연결하는 위대한 마술예장이 되지. 그렇군, 신세대의 마술사들은 참으로 쉽게 함락되겠어. 그것도 현대 와는 다른 기술이나 훈련이 필요해지겠지만 현대 마술사로 서는 전혀 가망이 없는 그들이, 갑자기 신대의 마술사가 될 수 있으니. 물론 신대와 다르게 진 에테르 등이 부족한 이상 그 출력은 제한되겠지만 틀림없이 현재의 핏줄이나 가문에 의한 한계는 넘을 수 있어."

"……."

어떤 표정을 지어야 할지 알 수 없었다.

"그것, 은."

그것은 나쁜 일인가.

그것은 잘못된 일인가.

핏줄이나 가문에 의한 한도를 넘어 마술사로서 대성한다. 그것은 어떻게 보아 이스칸다르의 재회 이상으로 스승님이 바라던 일이지 않은가. 스승님과 같이 바라 마지않는 사람 이 얼마든지 있는 일이지 않은가.

스승님의 얼굴이 고뇌로 물든 것도 당연하다.

추리에 추리를 거듭할수록 도리어 하트리스의 술수에 궁 지로 몰린다. 과연, 스승님에게 협력을 바라지는 못하겠지 만 그 목적은 어떻게 보아 스승님과 지나치게 겹치고 있다.

"······쫓아가야만, 해."

쥐어 짜내듯 스승님이 말했다.

"하지만 어떻게 하시게요. 아, 똑같이 영묘 알비온에서 열린다면 관위결의의 회의장에서 출발하면."

"아니, 관위결의는 종료할 때까지 누구에게도 방해받지 않고 나가는 것도 불가능해. ——원래 그런 곳이야. 이동도 채굴도시에서 직통 균열을 이용해 이루어지지. 회의 때마다 일일이 군주더러 던전 공략을 하랄 수는 없지 않나?"

농담할 의도인지도 모르지만 웃을 수 없었다.

스승님의 발이 빨라졌다.

이 벽촌에 올 때 이용한 역 방향으로.

"슬러로 돌아가지. 라이네스와 협의할 수밖에 없겠어. 경우에 따라서는 다른 군주의 힘을 빌려서라도."

하지만 그 군주 중 누군가가 하트리스의 공범자일지도 모른다.

어스름에서 스승님 뒤를 쫓으며 나는 꿀꺽 침을 삼켰다. 너무나 교묘하고, 너무나 긴 거인의 손에 스승님까지 한꺼번에 붙들린 기분이었다.

※

맥다넬은 테이블에 사라락 휘몰아치는 모래를 응시하고

있었다.

그는 노파의 마술을 잘 알고 있다.

속성은 땅과 물과 바람의 자그마치 삼중. 하지만 그 정도의 희소성은 진실로 나이를 먹은 가문에는 덤 정도의 요소다. 로드 밸류엘레타가 두려운 것은 그녀야말로 맥다넬이아는 이들 중에서 가장 마술사다운 마술사라는 한 부분에집약되었다.

그 말은 즉—— 몇십 년이나 시계탑에서 쌓아온 책략조차 마지막의 마지막에는 그녀의 염두에서 사라질 수 있다는것. 마술사로서의 삶의 방식, 신념에 불합리가 생기면 이노라이 밸류엘레타 아트로홀름은 지극히 쉽게 속세의 과실을내버린다.

그렇기 때문에 시계탑에서 가장 유서 깊은 창조과가 민주주의에 이름을 올린다는 이상 사태가 계속 이어지고 있는것이니까.

모래가 느릿느릿 똬리를 튼다.

마술로 바뀌면 한 줌 모래가 얼마나 치명적인 결과를 일으킬까.

몇 초 만에 장한은 결단에 이르렀다.

"졌습니다. 자백하겠습니다!"

당당하게 그리 선포한 것이다.

"이거 참 어깨가 결리는군. 멜빈 군, 조율을 부탁해도 괜찮겠나."

"물론이지요."

끄덕이고 멜빈이 일어섰다.

수중의 바이올린을 드는 모습을 보면서 맥다넬은 기쁜 듯이 얼굴을 폈다.

"하하하, 오랜만에 미즈 이노라이에게 한 소리 들었습니다. 학생 시절에는 리포트 서식이 글러 먹었다고 꽤 지도받곤 했습니다만."

"결론을 서두르고 싶어 하는 버릇은 아직도 고치지 못했잖아."

지적하면서 이노라이는 눈을 옆으로 돌렸다.

바이올린 음색이 레스토랑에 흘렀다.

밤마다 이름 있는 음악가를 불러서 때로는 무도회처럼 아름다운 악곡이 꽃피는 레스토랑이기는 했지만 이만큼 애잔한 음색이 연주된 일은 드물 것이다. 멜빈의 『조율』은 단순히 마술각인이나 마술회로에 작용하는 것만이 아니라 순수한 음악으로서의 기준도 충족하고 있었다.

"……음, 훌륭해."

손가락으로 리듬을 잡으면서 맥다넬이 절절하게 중얼거렸다.

"과연, 마력이 담긴 선율은 이쪽의 마술회로를 활성화시킨다. 뼈에 스민다 함은 바로 이거군. 체질 문제만 없으면 자네가 내 후계가 될 가능성도 있었을 거야."

"어이쿠, 무섭게 치켜세우지 말아 주십시오, 본가의 당주님. 깜빡 토혈해 버릴 것 같습니다."

일사불란하게 바이올린을 켜면서 멜빈이 대꾸하자 맥다넬은 입술 끝을 끌어 올렸다.

"한 가지, 물어보고 싶었는데 말이야. 만약 우정과 핏줄을 선택하라고 하면 자네는 어쩌겠나?"

바이올린은 멈추지 않았다.

맥다넬의 『조율』을 의뢰받은 멜빈은 그 의뢰를 완벽하게 수행하면서 희미하게 눈을 좁혔다.

"꽤 직설적인 본가의 질문입니다만 그것은 군주로서의^{로드} 명령이라 받아들여야 할까요."

"그런 진지한 질문이 아니야. 가볍게 대답하여도 상관없다마다."

"그렇게 말씀하셔도 제가 멋대로 대답하면 엄마가 곤란해집니다."

"어이쿠야, 웨인즈의 빅 맘을 곤란하게 하는 건 본의가 아닌데."

물론 조크라고 말하는 듯한 맥다넬의 윙크를 아랑곳하지 않고.

'……큭, 이것은.'

조율 중의 멜빈은 기이한 감각을 느끼고 있었다.

마치 눈치채지 못한 사이에 목 아래까지 물에 잠긴 것 같다.

'……방 전체가…… 트란벨리오에 삼켜졌어……!'

방대한 마력에 레스토랑 전체가 잠긴 것이다. 마치 자신이 수영장 안에 있단 것을 갑자기 깨달은 것 같았다.

조금 전 이노라이와 하마터면 한바탕 벌일 뻔했을 때다.

이노라이가 장기인 모래 마술을 행사하려던 것과 마찬가지로 트란벨리오도 그만한 마력을 넘실거리게 뿜고 있었다. 일반적이라면 일정 이상의 마술을 행사할 때는 대기 중의 대원(大源)을 흡수하여 마술사의 체내 정기를 발화원으로 삼아서 성립시킨다.

그러나 맥다넬의 몸에서 넘쳐 나오는 마력의 양은 일개인만으로도 대마술을 성립시킬 정도의 경지에 이르러 있었다.

"우리가 침묵을 선호하는 것은 불 보듯 훤하다."

창밖이다.

지상 100미터 이상이 될 고층.

갑자기 때아닌 폭죽이 터진 것처럼 보였을까. 장렬한 화염 구슬이 창문 유리의 바깥쪽에 발생하고 한순간에 꺼졌다.

"호오, 멜빈 군도 눈치챘나?"

맥다넬은 웃어 보였다.

그 말대로 멜빈도 육안으로 확인했었다. 화염의 출현으로, 그 화염에 불태워진 무언가의 잔해가 지표로 낙하했다.

"이거 참, 하잘 것도 없지. 사역마로 엿보기라니 촌스러운 짓을 하고 있어. 짐작건대 관위결의^{그랜드룰}에는 나오지 않기로 결심했을 중립주의겠지만, 그렇게 궁금하다면 회의에 나오면 되지."

"……."

아마도 대원^{마나}을 이용했다면 사역마들도 빠르게 알아채서 달아났을 것이다. 그러나 몸 안의 정기만으로 성립시킨 마술은 아슬아슬할 때까지 들키지 않고 사역마 전부를 처치한 것이다.

로드 트란벨리오── 맥다넬 트란벨리오 엘로드가 가진 개인적인 특성. 그것은 심플한 출력 크기에 있다.

현대의 마술인 이상, 처음에 마술을 발동시키기 위한 소절^{카운트}은 필요하지만, 한 번 발동하면 압도적인 마술을 몇 번이든 연발할 수 있다. 거의 폭력적일 지경인 마술회로 효율.

'트란벨리오의 정점에 서는 것도 당연한가.'

그렇게 생각할 수밖에 없는 절대적인 자질.

일개 마술사로서도 로드 트란벨리오는 남다르다. 여태까지 조율사로서 수많은 마술사를 보아온 멜빈이 보아도 일개인으로부터 이만큼 넘실대는 마력을 지척에서 보는 것은 처음 있는 사태였다.

무릎이 가늘게 떨리는 것을 깨달았다. 본래라면 자신보다 친구 쪽이 훨씬 더 저지를 만한 생리현상이기는 했다.

'……미안해, 웨이버.'

마음이 꺾였다는 자각이 있었다.

적어도 몇 개월은 이 군주^{로드}에게 거역하지 못하리라. 마술사로서 그만한 공포가 멜빈에게 새겨졌다. 여기서 멜빈 웨인즈는 리타이어할 수밖에 없다. 섣부르게 계속 끼어들다간 치명적인 부분에서 실수할 것이다.

아마도.

이노라이도 맥다넬도 그럴 작정으로 지금 촌극을 연기했을 것이다.

아니, 동시에 촌극만은 아니다. 단추를 하나 잘못 끼우면 정말로 이 자리에서 결투를 벌이는 것조차 불사했을 것이 확실하다. 그렇기에 시계탑의 군주^{로드}는 두렵다. 변덕 하나로 세계를 팔아넘기는 계약서의 사인도 해치우는 것이 왕의 자세였다.

"조율은 이제 끝났나?"

곡을 마친 멜빈에게 맥다넬이 조금 아쉬운 듯이 돌아보았다.

"일단은요. 이보다 더 번듯한 조율을 바라시거든 언젠가 제 공방까지 와주실 수 없을까요."

"과연, 그건 기대되는걸. 그럼 하던 이야기를 마저 하지."

맥다넬이 수중의 은종을 들어 올렸다.

금속의 고상한 소리가 울려 퍼지고 약간의 간격 뒤에 입구 문이 열렸다.

그 건너편에 훤칠한 장신의 인영이 서 있었다.

검은 피부의 여자였다. 물론 이 자리 이 순간에 나타난 이상 단순한 흑인일 리 없다. 이노라이와 멜빈을 응시하는 눈매는 결코 일반인에게 있을 수 없는 걸출한 의지의 강도를 띠고 있었다.

"자, 정보의 출처를 자백하겠다고, 미즈 이노라이에게 선언했습니다. 그러니 소개해두지요."

맥다넬이 입을 열었다.

"닥터 하트리스의 제자── 직접 가르침을 받은 이들 중에서는 아마 마지막 한 명이 될, 비해해부국 자재 부문의 미스 아셰아라요."

그 이름에 멜빈도 기억이 있었다.

라이네스와는 때때로 정보를 교환하고 있다. 물론 입장 문제도 있어 모든 이야기를 하는 것은 아니지만 아셰아라라는 이름이 방금 맥다넬이 말했다시피 하트리스의 제자 중한 명이며 엘멜로이 2세가 한 번은 해부국 시설에서 회견했음에도 자취를 감춘 상대라는 것은 기억하고 있었다.

하지만 경악에 이른 것은 오히려 직후에 여성이 꺼낸 대답이었다.

"그러지 마세요, 아버지."

"⋯⋯윽!"

그 호칭에 멜빈이 눈을 부릅떴다.

"그래, 방금 말한 대로 말이야."

맥다넬은 대범하게 끄덕인 뒤에 덧붙였다.

"이 아이는, 내 열두 번째 딸이지."

"이게 다 뭔 소리야, 맥다넬."

이노라이도 이어서 물었다.

"설명이 필요합니까?"

"당연하잖아? 네가 여러 명의 아내를 두고 그 몇 배나 되는 딸을 슬하에 둔 것은 알고 있어. 그건 상관없지. 명색이 군주니까 그 정도의 방만은 허용이 돼. 그런데 말이야, 비해해부국의 국원이라면 이야기가 달라지지."

"그럼 어쩔 수 없지요. 이야기하겠습니다."

호언장담처럼 말하며 맥다넬은 이렇게 말을 이었다.

"이전, 비해해부국과의 공동 조사로 아주 잠시지만 영묘 알비온에 들어갔는데 말입니다. 그때, 채굴도시에서 이 아이와 만나서 반했지 뭡니까. 외모는 물론이거니와 그 가혹한 환경인데도 여전히 곧게 매사를 바라보려고 하는 성품이 훌륭했어요. 특별히 부탁해서 지상에 데리고 나오려는 생각도 했는데, 아셰아라 쪽이 그것을 거부해서 말이지요."

"그래서는, 저는 아버지께 도움이 되지 못하니까요."

아셰아라는 수줍은 기색으로 맥다넬 옆에 다가붙었다.

"……."

맥다넬의 별난 성적 취향에 관해서는 물론 멜빈도 알고
있다. 사랑이 많다고나 형용하면 될까. 아내와 딸을 합치면
야구 양 팀이 생긴다든가. 그 전부를 아는 것은 아니지만 말
마따나 아직도 정략결혼이 꽃피는 마술세계에서는 효과적
인 전략이라고도 여겼었다.

하지만, 설마.

설마 하트리스의 제자 중 한 명이 맥다넬의 딸일 줄이야
——.

이노라이는 몹시 싸늘한 표정으로 그녀를 바라보고 있었
다. 샹들리에가 비추는 주름 깊은 손에는 부외비여야 할 비
해해부국의 서류가 있었다.

"하지만 닥터 하트리스가 과거의 제자들을 해쳤을지도
모른다……고 한다면 내버려 둘 수 없지. 여하튼 내 소중한
딸이야. 그러니 이렇게 돌아오라 했지. 팔불출이라고 웃을
지도 모르겠지만."

쾌활하게 웃으며 일어선 맥다넬이 딸의 어깨를 끌어안았
다.

그러니 인종 차이라곤 아랑곳하지 않는, 유대가 견고한
가족으로 보였다. 적어도 겉모습만은.

'위험하게 됐어, 웨이버…….'

멜빈은 두려움을 짓씹었다.

'군주들은 아직도 몇 장이나 더 카드를 숨기고 있어.'

내일 관위결의(그랜드 롤)를 향해서 하나하나 카드를 모으고, 혹은 공개해서 주위를 압박하고 있다. 이 경우, 아셰아라라는 카드를 밝힌 것은 민주주의의 결속을 굳히기 위해서——라기보다 배신을 방지하기 위함일 것이다. 이만한 카드를 가진 자신을 적으로 돌리는 것은 상책이 아니라고 암시한 것이다.

그리고 필요하다면 이 이상의 카드도 꺼내겠다. 그런 식으로 주위를 겁박하고 있다. 분가 중 하나에 불과한 멜빈을 불러낸 이유는 계속 의문이었지만, 요컨대 알기 쉬운 샘플이다. 트란벨리오 본가에 적당하게 반항적이며, 적당하게 안목이 있는 정보의 발신원으로서 멜빈이 형편에 좋았던 것이다.

그런 멜빈이기에 그의 평가라면 주위도 믿을 거라고, 선택받은 것이다.

그 타이밍까지 중립주의파의 사역마를 방치한 것도 당연히 계산한 것이리라. 맥다넬은 비해해부국의 데이터를 확보하고 있다는 부분까지 정보를 일부러 유출할 속셈이었음이 확실하다.

시계탑에 괴물은 얼마든지 있다.

그러나 이렇게 정보의 카드를 자유자재로 다루는 데에 관해서 로드 트란벨리오를 웃도는 이는 소수다. 민주주의란

요컨대 대중을 상대로 하는 유도가 아니냐고 트란벨리오는
갈파했지만, 그야말로 그 말에 따른 행동을 취하고 있었다.

새로운 시대의 왕.

그 미소를 쳐다보면서 한 가지만 생각했다.

'……아아, 마지막 발악이 너에게 도착했으면 좋겠는데.'

5

철도역에 도착할 무렵에는 완전히 밤이 되어 있었다.

노후화한 콘크리트에 시든 수목이 힘없이 기댄 홈에서 나는 겨울의 별자리를 올려다보고 있었다. 길거리의 조명이 적은 탓인지 고향 수준은 아니더라도 뚜렷하게 별이 빛나고 있다.

이번 사건은 그 빛이 닿지 않는 지저에서 준동하고 있었다.

마치 별들의 눈동자에서 달아나는 것처럼.

"젠장, 안 받아."

한동안 휴대전화를 들고 있던 스승님은 마뜩잖은 표정으로 전원 버튼을 눌렀다.

"왜 그러세요?"

"버스에 타기 전에 대략적인 사정을 라이네스에게 이야

기했는데 말이야. 이후에 관해 말하려던 순간에 끊겨서 몇 번 다시 걸어도 거부하고 있어. ……딱 한 번 문자가 와서, 이야기는 이해했다. 그쪽에 되어 먹지 못한 발악의 산물이 하나 가고 있으니 판단은 맡기겠다더군."

"발악의 산물?"

확실히 라이네스다운 말투라고는 생각했지만 그 의미는 알 수 없었다.

그러니까 역의 이변을 알아채는 것은 약간 늦어졌다.

'달리, 손님이 없어……?'

물론 벽촌이라서 타이밍에 따라서는 무인일 수도 있을 것이다. 하지만 아직 오후 일곱 시 정도의 시간에 역내도 바깥 길도 포함해 모든 기척이 끊어지는 일이 일어날 수 있을까.

이것은 예를 들어 마술사 등이 결계를 친 경우에 일어나는 현상이었다.

"스승님."

"……그래."

이미 스승님은 임전태세에 들어가 오체의 『강화』로 들어갔다. 타인 이상의 겁보이기 때문이겠지만 지금은 그런 스승님이 믿음직했다.

천천히 짙은 안개가 세계를 휩쌌다.

명백하게 자연적인 것 같지 않은, 마성의 안개. 그에 살짝 뒤처져 진즉에 쇠퇴했을 증기 소리가 울려 퍼졌다.

"스승님, 이것은."

증기 소리에 이어서 은빛 기관부가 안개를 갈랐다.

안개와 어둠을 동시에 가르는 금속 차체. 악단의 지휘봉처럼 우아하게 구동하는, 바퀴의 사이드로드. 노선과 마찰하는 소리조차도 향수(鄕愁)에만 그치지 않는 아름다움을 간직하고 있었다.

"……마안수집열차."

낡은 역의 홈에 그 열차는 겨울 환상처럼 붙었다.

느닷없는 상황에 나도 스승님도 미동조차 하지 못했다. 이 열차에서 일어난 사건을 되돌아보면 그것은 당연한 반응이기도 했다.

열린 열차의 문에서 천천히 인영이 나타났다.

깡마른 남자였다.

마안수집열차의 차장, 이름은 로댕이라고 했던가. 예절 바르게 몸을 굽히고 낮은 목소리로 이렇게 말했다.

"오랜만입니다. 로드 엘멜로이 2세."

"왜, 당신이……."

"멜빈 웨인즈 씨는 일종의 감이 작동하는 분이군요."

차장은 생각지도 못한 인물의 이름을 답했다.

"멜빈 씨가……?!"

무심코 끼어든 나를 차장이 쳐다보더니 천천히 끄덕였다.

"닥터 하트리스가 영묘 알비온으로 가는 균열에 돌입했

다고 들었을 때부터 당신이 그것을 쫓아야 할 거라고 멜빈 님은 생각하던 것 같더군요. 그리고 그 수단으로 저희와 접촉했지요. ……예, 저희도 닥터 하트리스에게는 큰 빚을 졌으니까요."

냉랭한 음성 밑바닥에 놀랄 만한 열기가 담겨 있었다.

"명예로운 마안 경매를 중지시켰을 뿐만 아니라 무익한 교전으로 마안을 함부로 낭비하는 처지가 되고 말았습니다. 더해서 그 싸움의 소모 때문에 당 열차의 지배인 대행은 아직도 주무시고 계십니다. 이만한 행패, 이만한 치욕, 내버려 둘 수가 없지요."

그렇기는 했다.

마안수집열차(레일 체펠린)는 하트리스와 페이커에게 명실상부 타격을 입은 것이다. 긍지 있는 사도(死徒)의 권속으로서도, 신비의 세계에 살아가는 일족으로서도 이 굴욕은 버려둘 만한 것이 아니다. 그렇기에 멜빈은 그 카드를 뽑을 순간을 노렸던 것이리라.

즉, 하트리스를 궁지에 몰기 위해서 마안수집열차(레일 체펠린)의 조력을 청할 타이밍을.

"나머지는 라이네스 님과 말씀을 나누었습니다. 당신이 영묘 알비온으로 가야 할 동기까지는 이해하고 있습니다."

그렇기에 라이네스는 발악이 가고 있다고 말을 꺼낸 것인가.

이런 무지막지한 발악이 어디 있느냐며 스승님이 아니더라도 입이 험해질 것만 같았다.

"저희 마안수집열차^{레 일 체 펠 린}라면 영묘 알비온의 채굴도시까지는 안내할 수 있을 겁니다. 당신이 독자적으로 하트리스를 쫓겠다면 이것이 최선의 수단이 아닐까요."

설마 하던 제안이었다.

마안수집열차^{레 일 체 펠 린}는 현실과 이계 사이를 달린다고 한다. 우리도 이전 사건에서 그런 장면과는 여러 번 맞닥뜨렸다. 영묘 알비온이 일반적 좌표에 존재하지 않는다면, 오히려 이 열차로 이동하기에 적합한 장소일지도 모른다.

그러나 그런 제안을 가볍게 수락해도 되는 것인가.

"스승님."

"……라이네스가 거기까지 정보를 넘긴 이상, 관위결^{그 랜 드 롤}의 쪽은 자신이 맡을 각오를 했다는 뜻이겠지. 과연, 내가 거는 전화를 받지 않을 만했어. 섣불리 설명했다가 추궁당하기보다 난리통 속에 던져버리는 게 편하다 생각했군."

살짝 혀를 찼다.

잠시 침묵한 뒤에 스승님은 차장에게 말했다.

"하지만 나와 그레이만으로는 어떻게 할 수도 없어. 시간차를 보아 하트리스는 진작 미궁인 대마술회로까지 내려갔을 테지. 전력이 되는 것이 그레이만이라면 문제 밖이야. 하물며 이 이상 내 학생을 끌어들이는 것도 허용 못하고."

"그것도 알고 있습니다. 먼저 열차에 태워드린지라."

"열차에?"

물음표와 동시에 답은 돌아왔다.

"여어."

장난기를 듬뿍 담아 차장이 나온 곳과는 다른 차량의 문에서 그 마술사가 손을 흔들었다.

다부진 체격에 멋지게 탄 피부. 나는 대로 방치한 수염에 지저분한 천을 머리에 둘렀다. 밤안개 속에서 쨍쨍한 태양을 연상하고 말았다. 내가 만나온 마술사 대부분은 깊은 어둠의 기척을 두르고 있는데, 이 남자는 아무리 때와 먼지로 검어져도 상쾌한 사막의 바람을 떠올리게 했다.

"뭘 벙쩌 있어. 설마 까맣게 잊어버렸나. 거, 플뤼라는 이름을 혀에 굴려보면 기억이 나겠어?"

그 박리성 아드라에 모인 멤버 중 한 명.

표표한 점성술사──플뤼거가 거기 있었다.

"어째서, 플뤼거 씨가."

"크크크, 속사정을 밝히면 꽤 전부터 네 의붓여동생에게 의뢰를 받고 있었거든. 이것저것 조사에 끼고 있었지. 그리고 이번에는 영묘 알비온에 가라기에 이 열차를 얻어 탔단 말씀이야. 나 원 사람 한 번 험하게 부리셔."

"라이네스 씨가."

그녀라면 할 것이다.

아마도 스승님이 회복하고 슬러를 나가자마자 그녀는 멜빈에게 연락을 취했을 것이다. 그리고 멜빈이 마안수집열차를 수배하는 사이에 라이네스는 영묘 알비온에 돌입하기 위한 멤버도 모으고 있었다. 시간문제를 감안하면 스승님이 하트리스의 목적을 간파하기 이전부터 이렇게 될 가능성까지 내다보았던 것일까.

아니, 플뤼만이 아니다.

머뭇머뭇 점성술사 뒤에서 또 한 명의 인영이 나타났다.

"오랜만이구마이. 엘멜로이 2세하고 그레이 씨."

그 청년은 우리를 바라보았다.

오른팔이 없는 상대였다. 아니, 잊을 수도 없다. 그 팔은 내 론고미니아드에 의해 잃어버린 것이다.

검은 안대로 오른쪽 눈을 가리고 이마에는 토킨(兜巾)이라 불리는 작은 관을 쓰고 있다. 그 스타일은 슈겐도(修驗道)라 불리는 일본 특유의 신앙에 근거한 것이라고, 역시 박리성 아드라에서 스승님이 가르쳐준 것을 떠올렸다.

스승님의 입술이 그 이름을 흘렸다.

"토키토 지로보 세이겐. 아니, 자네는…… 그, 세이겐이라 하면 되겠는가."

희미하게 말을 머뭇거린 것은 박리성 아드라에서 세이겐이 범인이었기 때문에── 복원된 마술각인에 인격을 탈취당해 범행에 이르렀기 때문이다.

즉, 마술각인에 의한 인격 침식.

그 때문에 세이겐이라는 인격은 이미 사라져버린 것이 아닌가, 하고 스승님은 말했었다.

"……세이겐이믄 된다."

내뱉듯이 슈겐쟈는 대답했다.

지독하게 씁쓸한 것이 섞인 음성이었다.

"아직도 말이제. 그 박리성의 아들과 내 기억은 섞여 있데이. 잠깐 마음을 놓으믄 자신이 토키토 지로보 세이겐인지, 그라니드 애쉬본인지 모르게 된다. 그래도 내는 세이겐이다카이. 그렇게 불러주믄 기쁘것구마."

거기까지 이르는 데에 얼마나 많은 시간이 필요했을까.

자신의 인격과 기억이 어디까지 자기 것인지 알 수 없다. 그런 상태는 생각만 해도 오싹하다. 이 몸이 자기 것이 아니게 되었을 때, 얼마나 큰 공포에 시달렸는지 도저히 잊을 수 있는 것이 아니었다.

"……알았네."

스승님도 끄덕였다.

그러고 나서 세이겐은 음울함이 섞인 표정으로 이런 말을 물었다.

"하이네 이스타리의 여동생── 로잘린드를 기억하나?"

"물론이지."

하이네는 박리성 아드라에서 희생된 수도사의 이름이었

다. 다른 이름은 기사.^{더 나이트} 그 별명에 어울리는, 고결하고 예의 바른 호청년이었다.

여동생 로잘린드의 체질 탓에 악성화한 이스타리 가문의 마술각인을 복원하기 위해 그 성기사는 박리성 아드라에 이르렀다. 그리고 거기서 인격을 탈취당한 세이겐=그라니드 애쉬본에게 살해당했다.

그런 배경을 돌이키고 있으려니 세이겐은 어색하게 쓴웃음 지었다.

"댁의 의붓동생은 악당 맞제? 엘멜로이의 이름에 걸고 로잘린드를 뒷바라지해가꼬 가문의 후계자 소동에도 더 참담한 꼴로 말려들지 않게코롬 최선을 다하겄다. 그러니까네 댁을 도우라믄서 무지막지한 소리를 하더라고."

확실히, 그러면 세이겐은 거절하지 못하리라.

결과적으로 타인에게 탈취당한 세이겐은 하이네를 죽이게 되었지만 그때까지는 오히려 우호적인 관계를 쌓고 있었으니까. 그야말로 하이네가 여동생 로잘린드를 그에게 맡길 정도로.

"미안하군. 나도 확실히 악질적이라고 생각한다네."

스승님의 사과에 나도 찬성할 수밖에 없었다.

나중에 한마디 정도는 라이네스에게 충고하는 편이 나을지도 모르겠다. 아마 그런 것은 충분히 알 테니 내 생각은 괜한 것이겠지만.

"그래서, 영묘 알비온에 어택하는 기는 최저 다섯 명이 통례라믄서. 그라니께 한 명 더 대기하고 있제."

운을 뗀 세이겐이 등 뒤를 돌아보았다.

그러자 열차에서 불만스러운 목소리가 울렸다.

"아아, 정말, 방금 작별 인사를 한 참인데!"

불과 한나절쯤 전, 들었던 목소리가.

이 소녀에게 밤은 어울리거나, 그 반대일까. 황금의 롤 머리가 안개의 역에 물결치며 어떠한 액세서리보다 아름답게, 단정한 옆얼굴을 꾸몄다. 푸른 드레스 옷자락이 흔들릴 때마다 무도회로 착각할 정도였다.

당연히 루비아젤리타 에델펠트였다.

"자네까지."

"저기 있는 점성술사에게 잡혔거든요."

루비아가 쨰릿 노려보자 플뤼는 터번 위로 머리를 긁고 둘러댔다.

"하하, 마침 좋은 별을 점쳤더니 그게 뭐라나 내가 아는 사람 중에서 가장 실력 있는 누님이 런던 근처에 있다잖아. 그러면 꼬셔볼 수밖에 더 있나?"

"매우 불쾌하기는 합니다만 저도 흥미가 가는 사태이기는 했고요. 네, 마안수집열차에 탈 기회도 좀처럼 없는데, 영묘 알비온으로 간다 그러는걸요."

루비아젤리타가 아드라에서 플뤼를 고용한 것을 떠올렸다.

그때는, 그래, 스승님을 죽이려던 것이었다. 심지어 결코 힘을 쓰는 시시한 방식이 아니라——.

——『그 아씨 마님, 네 무능함을 증명해서 업계 쪽에서 매장하고 싶다네.』
——『좀 지나치게 정공법이라서 빵 터지지?』

그런 식으로 고백하고 플뤼는 웃었었다.
아마 내가 루비아에게 호의를 품은 것은 그때였다.
아직 스승님에게 마음을 열지 않았을 적. 고향에서 나와 런던까지 오기는 했으나 마술사는 누구나가 희한하기 그지 없는 괴짜거나, 혹은 천 년이 넘게 해결되지 않는 집념에 푹 잠긴 자뿐일 거라고, 지독한 편견만으로 응고되어 있던 시절.
특히 그 박리성 아드라의 어둠은 깊었다.
그러나 그런 어둠을 정면으로 쳐부수려는 마술사도 있다고…… 아아, 아마 그때 처음으로 나는 마술사가 약간 좋아졌다.
느릿하게 루비아는 홈의 콘크리트를 밟으며 스승님에게로 걸어갔다.
"당신이 되도록 학생을 끌어들이지 않으려 하는 것은 알아요."

가슴에 손가락을 들이대며 말했다.

"하지만 저는 아직 청강생. 당신의 정식 학생이 아닙니다. 그렇다면 영묘 알비온의 공략에 저를 데려가는 것은 룰 위반이 되지 않아요."

"지도자가 되어라고 요구하면서 지독한 궤변이군……."

삿대질을 받은 스승님이 한 손으로 얼굴을 가렸다.

이번에야말로 깊이 내쉰 한숨에 루비아가 쿡 미소 지었다.

"어머, 지도자라고 인정하시게요?"

"아니. 그러니까 이렇게 청하지."

얼굴을 가리던 손을 내렸다.

그리고 스승님은 한 사람씩, 마술사들을 쳐다보았다.

"부탁한다. 루비아젤리타 에델펠트. 점성술사 플뤼거. 토키토 지로보 세이겐. 나 개인의 위기에 힘을 빌려줄 수 없을까. 시간은 불과 24시간 정도. 내일 심야의 관위결의^{그 랜 드 롤}까지 그 대미궁 영묘 알비온을 공략하여 하트리스 및 그와 계약한 경계기록대^{고 스 트 라 이 너}를 몰아붙인다는, 전대미문의 미션이 되지만."

"이 마당에 이르러서 개인의 위기라고 주장하나. 뭐, 이쪽은 용병인 입장이야. 한 번 고용되면 클라이언트에게 토는 달지 못하지."

"내도 선택권이 있는 신분이 아니니까네."

플뤼와 세이겐이 각각의 속뜻과 함께 쾌히 승낙했다.

"사태는 충분히 파악했습니다. 그보다 이제 와서 두고 가는 편이 용서할 수 없는걸요."

루비아는 겨우 만족스럽게 한쪽 눈을 감았다.

그리고.

"첫 사건 때, 멤버네요."

나는 속삭였다.

물론 엄밀히 말하면 나에게 첫 사건은 그 고향에서 있었던 일이다.

그러나 그렇더라도 박리성 아드라에서의 사건은 처음이라는 인상이 강했다. 스승님의 추리와 마술의 해체에 처음으로 접했다는 생각이 들었다. 만약 내가 사건부라고나 해야 할 기록을 만든다면 그 첫 장은 그 성에서 있던 일에 할애해야 한다고 여길 만큼.

그 사고가 전해졌는지 스승님도 한 번 끄덕인 뒤에 차장 쪽으로 돌아섰다.

"그러면 부탁해도 되겠나."

"예, 마안수집열차의 이름에 걸고 영묘 알비온까지 모셔드리지요."

묵례하고 차장 로댕이 열차 문을 가리켰다.

그에 맞추듯이 고상하게, 용맹하게, 기적(汽笛)이 울려퍼졌다.

〈중권 · 끝〉

후기

——그것은, 시계탑에 숨겨진 최대의 수수께끼.

지상에서는 불가능한 신비에 잠겨 용서받지 못할 금기에 침범된 고묘(古墓).

이름은 영묘 알비온.

그대, 죽은 용의 위대함을 알지어다.

죄송합니다……!

무엇이 죄송한지는 이미 부제를 보면 아시다시피 『관위결의 중권』^{그랜드 롤}입니다. 최종권이라고 말하지 않았냐며 비난하시면 부디 용서를 바랄 수밖에 없습니다.

사실 상권 플롯의 집필 단계에서 '이건 세 권이 될지도 모르겠다.'라는 예감은 있어서 나스 씨에게도 상담했었습니다만, '다음이 중권이 될지 최종권이 될지 알 수 없다.'고 후기에 쓰면 기다리는 사람도 애가 타서 괴롭겠지……하고 그만 망설이는 바람에 이 사태를 부르고 말았습니다. 정말 죄송합니다…….

*

　동시에 시리즈 첫 3권 구성은 전례 없는 농도와 복잡한 관계가 전개되었다고 생각합니다. 상권에서 드러난, 엘멜로이 2세가 맞닥뜨린 최대의 과제. 사건을 사이에 두고 그와 대치하게 된 하트리스의 의도와 과거. 영묘 알비온에 숨겨진 인연. 관위 마술사 아오자키 토코의 간섭. 각각의 군주들^{로드}이 꾸며둔 음모들.

　아아, 시계탑과 영묘 알비온을 비롯해서 빌려온 장치가 너무나 대규모에다 매력적이라, 저의 미숙함도 어우러져 그만 한 권 늘어나고 말았다……라는 것이 아마 정답일 테지요.

　요 수 년가량은 그 남자가 겪은 일련의 사건의 종국이 항상 머리 한구석에 있던 것처럼 느껴집니다. 그 장면을 향해 펜을 놀릴 때마다 거대한 기쁨과 일말의 서운함을 느끼고 있습니다.

　TYPE-MOON의 풍족한 세계관을 빌린 많은 이야기 중에서도 음침한 군주^{로드}와 묘지기 소녀가 주체인 이 사건은 이채를 띠었습니다만, 그것이 여기까지 이어진 것은 틀림없이 지금껏 응원해주신 당신 덕분입니다.

　부디 그들이 쫓는 수수께끼 전부가 낱낱이 밝혀질 그때까지 함께해주시기를.

＊

　아즈마 토우 씨가 집필한 만화판 『로드 엘멜로이 2세의 사건부』도 상상 이상의 호조라 희희낙락하고 있습니다. 놀랄 만큼 미려한 필치로 그려진 사건부의 세계는 이미 시시콜콜 설명할 필요도 없을 테지요.

　새해 벽두, 2019년 1월에는 3권이 발매 예정이오니 꼭 봐 주십시오.

　또한 제가 스토리 담당을 맡은 오리지널 코믹, 런던 환수담 『Bestia』도 KADOKAWA로부터 같은 날 발매(!)되오니 같이 체크해주시면 무척 기쁘겠습니다(『카도: The Right Answer』의 캐릭터 디자인 등을 역임한 아리사카 아코 씨의 작화가 또 근사해요).

　마지막입니다. 일러스트뿐만 아니라 많은 디자인도 해주신 사카모토 미네지 씨, 평소처럼 정밀한 고증을 해주신 미와 키요무네 씨, 플랫의 대사 등을 체크해 주신 나리타 료고 씨, 이 세계와 캐릭터를 맡겨주신 나스 씨와 편집 담당자 OKSG 씨 등 TYPE-MOON 여러분께 감사를.

　그리고 물론 여기까지 읽어주신 당신께도.

평소라면 다음 권은 여름 코믹 마켓이 열리는 8월에 맞추겠습니다만, 역시나 지금부터 8개월 기다리시게 하는 것은 마음이 불편해 조금 더 일찍 낼 생각입니다.

아마도 봄 자락 끝에서 초여름 경이 될 것 같습니다.

결정이 나면 되도록 알기 쉽게 알릴 생각이니 저나 TYPE-MOON의 트위터 등을 팔로우해서 체크해 주시면 좋겠습니다. 만화판이나 다른 소식 등도 이쪽에서 알려드리게 될 테니까요.

그러면 이번에야말로 최종권에서 만나 뵙겠습니다.

2018년 11월
『워해머: 블랙스톤 포트리스』를 조립하면서

로드 엘멜로이 2세의 사건부 9
「case.관위결의(중)」

2022년 10월 20일 제1판 인쇄
2022년 10월 25일 제1판 발행

지음 산다 마코토
일러스트 사카모토 미네지
옮김 정홍식

발행 영상출판미디어(주)
등록번호 제 2002-000003호
주소 21315 인천광역시 부평구 부평대로 283 A동 702호
전화 032-505-2973(代) | FAX 032-505-2982

ISBN 979-11-380-1821-0
ISBN 979-11-319-5925-1 (세트)

구매 시 파손된 도서는 구매처에서 교환하실 수 있습니다.
기타 불편사항, 문의사항이 있으신 독자님께서는 노블엔진 홈페이지
[http://novelengine.com] 에서 Q&A 게시판을 이용해 주시기 바랍니다.